LA GRIETA

CUENTOS EN OTRAS DIMENSIONES

Manú

Dornbierer

LA GRIETA.
© 2012, Manú Dornbierer

5a Edición: La Grieta,
Cuentos en otras dimensiones

Portada: Mónica López

2008, En Otras Dimensiones, Libros del Sol
1996, En Otras Dimensiones, Editorial Grijalbo
1978, La Grieta y otros Cuentos, Editorial Diana
1970, Después de Samarkanda, L.Boro, Editor

D.R. © 2012, Infindelsol S.A. de C.V
6.5 Km, C. Amomolulco SN Nicolás
Tlazala, Capulhuac, Estado de México 52710

ISBN-13: 978-1494224752
ISBN-10: 1494224755

A *Edmundo Valadés,* in memoriam
A *mis hijos: Enrique, Diana y Rodrigo*

Índice

A manera de prefacio

Los riesgos de la fantasía son profusos. Pero hay uno literario decisivo: la ingenuidad, si se intenta violar la lógica o trasponer, sin auténtico ingenio creador, las zonas de la realidad palpable o comprobable. El arte del escritor atraído a fingir una suprarrealidad, exige un artificio imaginativo que persuada —o nos sepa engañar inteligentemente— de la posibilidad de lo imposible: de que el sueño o el espejismo suceden, o pueden suceder. Casi con clarividencia inventiva, como es definitivo ejemplo la línea de la ficción borgeana. Género comprometido —¿qué arte no lo es?—, el de la fantasía multiplica sus arriscos: en él cuenta mucho también el arte de contar: saber atraparnos y embebernos en una dimensión increíble, para que la vivamos con la sensación de validez de lo inimaginable, porque ha sido contada como podría narrarse un suceso factible, real.

Para revelarse como interesante escritora en tal género, Manú Dornbierer —ya periodista que a un admirable profesionalismo añade una novedosa frescura en su desenfadada manera de tratar y de dar juicios certeros sobre asuntos de actualidad informativa— reúne aquí una serie de relatos cuya constante expresa una notable capacidad, para idear insólitas historias, que resulta fascinante, pródiga y versátil. La más bella o extraña fantasía —desde la que parece fertilizada por los clásicos de la inverosimilitud, hasta en la que atina con creces en el campo de la ciencia ficción (y aquí esplende un cuento de antología: "La grieta", reproducido con entusiasmo en revistas internacionales dedicadas a tal especialidad)— hace que estas páginas atraigan y vayan revelando una escritora, de oficio desde luego maduro y perspicaz, porque ha sabido sortear los peligros y darle gracia literaria a su encantado mundo iluso.

La imaginación de Manú tiene vuelo y eficacia. Nos sumerge en sus cuentos, porque los ha fecundado con la más variada y amena sorpresa de temas fantásticos, narrados con el pulso de quien posee limpia destreza: talento para fabular.

EDMUNDO VALADÉS
México, D.F., 1976

12

La grieta

Fue un día como cualquier otro. Nos habíamos desvelado la víspera tontamente. Por eso, cuando los niños vinieron a darme un beso antes de ir a la escuela, apenas pude abrir un ojo. ¡Ese beso! De haberlo sabido...

Tardé en desperezarme. Lo mismo de siempre, la aburrida y agridulce rutina del ama de casa. Quería cambios, en lo pequeño y en lo grande. La idea de que la vida, mi vida, era siempre igual, me zumbaba en la cabeza como moscardón desde hacía unos meses. Ese día quise cambiar aunque fuese un poco. Se me ocurrió ir a un nuevo y lejano supermercado. ¿Por qué, Dios mío, por qué?

Lo último que recuerdo es esa oscura tolvanera que me envolvió de repente al terminar las compras. Apreté los paquetes contra el pecho y cerré los ojos esperando que pasara pronto, pero cuando sentí que el suelo se movía bajo mis pies, cuando vi la grieta, los solté para buscar apoyo en la pared. Me extrañó que no hicieran ruido al caer. En realidad ya no había ruido alguno salvo un estridente silbido que me engullía. Ya no había pared.

Y ahora, aquí estoy en este frío lugar que llaman clínica. Me parece que hace horas que me están haciendo preguntas.

—¿Qué es lo último que recuerda? —La grieta en el piso, el viento. Me he cansado de repetirlo.

—Tuvo una alucinación, trate de comprender. No hubo tal grieta, no hubo tal viento. Usted sufrió sencillamente un desmayo en la oficina. Demasiado trabajo quizá. No se golpeó, de manera que ni siquiera podemos pensar en amnesia momentánea provocada por golpe en el cerebro.

Las paredes metálicas de este aposento me deslumhran. Nunca he visto un metal de este color. Nunca he estado en un sitio como éste. No conozco a las personas que me rodean. Son amables, pero me dan miedo. Tienen algo extraño, ¿qué es? El que más terror me infunde es éste a mi lado cuya mano helada sostiene la mía, que arde.

—Haz un esfuerzo, querida, soy yo, Arno, tu compañero. Comprende que todo esto es muy doloroso para mí. ¿Cómo es posible que no me reconozcas?

—No te conozco, no conozco a nadie aquí. ¡Créanme, por favor, créanme! Hay una confusión. No sé lo que me ha sucedido, no sé en dónde estoy, pero sé quién soy. Me llamo Marisa Val, mi esposo es Gerardo Val, ingeniero, tenemos tres hijos, vivo en...

—¡Calla! Estás muy cansada, querida, no sabes lo que dices. Es necesario que duerma. Aplíquele la luz, compañero, no hay otro remedio.

—No quiero dormir, no estoy cansada. Por favor, necesito que me expliquen, necesito aclarar la situación. Debo avisar a mi familia. Apague esa luz, apágela.

* * *

Por fin se fue Arno. Desde que regresamos de la clínica no me ha dejado sola un momento. Me atiende, me mima, no me pierde de vista. ¡He deseado tanto estar sola y pensar! ¿Y ahora? ¿Razono todavía?

Lo que sucede es increíble. He perdido mi identidad, me he vuelto loca. Los primeros días me tuvieron casi constantemente bajo la luz tranquilizante. Dejé de llorar, dejé de gritar. La vuelve a una de corcho. Paraliza emociones, borra memoria. La apagaron al fin y la angustia punzante volvió. Opté por mentir, por calmarme. Cualquier cosa antes que permitir que la luz me aniquile de nuevo. Vivo con Arno en un apartamento que él llama célula. Todo o casi, todo es metálico. Todo es automático. Me ha enseñado a manejar los mecanismos de esta máquina casa, mi hogar. Se ha ido y quiere que me recupere, que sea feliz.

El primer día de calma, cuando se llevaron los aparatos, le relaté mi vida. Ahora que estábamos solos era imposible seguir callando, fingiendo. Sólo pedía que me escuchara. Yo no estaba loca. Cuando empecé frunció el ceño. No quería escuchar más tonterías. Después reflexionó, comprendió que no podría detenerme. Le conté todo. De mi muñeca negra, de la escuela de monjas, del accidente en bicicleta, de mis padres, de nuestros viajes al mar, de los bailes en el club los domingos, de Gerardo, de nuestro primer encuentro, de cómo reñíamos y cómo nos queríamos, de nuestros hijos, de sus juegos, de aquellos suaves besos por la mañana.

Escuchó haciendo un esfuerzo evidente por seguirme. Sentí confianza, todo se aclararía. Sus ojos acerados se llenaban ahora de asombro, ahora de tristeza, pero escuchaban. Una idea me cruzó la mente como rayo de luz: estaba en otra vida, o en otro tiempo o en otro cuerpo. ¡Eso era! ¡Eso debía ser!

Permaneció largo rato en silencio. Me aferré a sus manos y lo miré esperanzada. Por un momento creí que entendía. Rió secamente y, un poco vacilante, se dirigió al armario y me tendió un espejo. Me vi tal cual soy, Marisa, la misma.

—Sí, soy yo —y un instante después, triunfalmente, creí encontrar mi prueba definitiva—. Ves, Arno, no soy como ustedes. Aquí todos tienen los ojos redondos y color del acero. Los míos son alargados y negros. Definitivamente negros.

Rió de nuevo y tuve ganas de matarlo o de morir.

—Sí, querida, eres una excepción. Hay muy pocos ojos distintos. Un caso en millones. A muchos les parece monstruoso, pero yo por tus ojos te quise, ¿recuerdas?

No me creía, no me escuchaba. Comprendí que toda prueba lógica de mi extranjerismo sería inútil. Estaba exhausta. ¡De acuerdo! Padezco un mal extraño que me enajena.

18

A su vez él me contó mi vida: me llamo Glana, soy una oficinista especializada en clasificar los resultados que se obtienen en el Laboratorio de Alimentación. En mi trabajo soy eficiente y las relaciones con mis compañeros son correctas. Entre él y yo nunca hubo problemas. Nos queremos. Nos conocimos de una manera un tanto inusitada es cierto... Me encontró vagando cerca de los restos de un aparato aéreo accidentado. No podía hablar, no recordaba nada. Al mirarme a los ojos se enamoró. Así, nada más. Los peritos supusieron que era la única sobreviviente del desastre. Me tomó a su cargo. ¡Suerte que es neurólogo! Nunca pude recordar lo que había sucedido antes, pero él me hizo recuperar la razón, me enseñó todo, como se enseña a un niño. ¡Y ahora esto!

Las circunstancias actuales eran indudablemente consecuencias lejanas de aquel accidente. Había un misterio en mi vida, pero eso no significaba que yo perteneciera a otro mundo. ¡Qué niña era! El misterio le tenía sin cuidado. Nos queríamos ¿verdad? Eso era lo importante. Pronto nos darían permiso de tener un hijo. ¿Cómo serían sus ojos? Mi estado actual no era de gravedad. Sus colegas y él estaban de acuerdo. Trastorno mental momentáneo. Las facultades no estaban dañadas. Que mi temperatura era superior a la normal ¿y qué? Siempre había sido así. Su Glana era un poco extraña. En unos cuantos días reanudaría mi vida normal, vería a mis compañeros, a nuestros amigos. De ser necesario se me proporcionaría nuevo entrenamiento en el trabajo. Se lo habían prometido. ¡Para algo tenía que servir su hoja de servicios! ¿Qué más se podía pedir? Pertenecíamos a una clase privilegiada, pero lo más importante era que nos quisiéramos como hasta entonces. Acercó su rostro helado al mío. Quise pensar que él estaba en lo cierto y que lo mío sólo era pesadilla.

Ahora se ha ido. Por primera vez desde la grieta estoy sola, totalmente sola, como nadie lo ha estado jamás, sola en un universo ajeno. ¿Cuánto tiempo ha transcurrido? ¿Cómo se sale de aquí? De ellos no se puede esperar ayuda. Si insisto en no reconocerme me encerrarán definitivamente en la clínica, bajo la luz. Perderé cualquier oportunidad de escapar. Perderé a Arno, ese desconocido que es lo único que tengo.

Es posible que haya otros como yo aquí. Ese caso en millones con ojos distintos que no son canicas de acero. Bellos ojos marrones, verdes, negros, azules. ¡Si pudiera encontrarlos! Dentro de poco saldré y veré gente. Si alguien pudiera explicarme... Este mundo se parece al mío. Pero ¿cómo?, ¿cuándo?, ¿dónde? ¿Paralelo? ¿Más allá? El panorama que miro desde mi ventana me tranquiliza. Son montañas, lejanas, pero montañas. Es cielo azul y limpio; de vez en cuando un pájaro. ¡Pero cuando miro hacia abajo, hacia las casas metálicas y los extraños vehículos. Cuando miro a mi alrededor, esta célula aislada de ruidos, de microbios, de olores, máquina perfecta, inhumana...! Demasiada paz, soledad. ¿Y si estuviera muerta? No, eso no. La sensación de vivir es inconfundible. Y yo estoy viva, terriblemente viva.

* * *

Mis compañeros de oficina me hicieron toda clase de fiestas. "Glana ha vuelto, Glana se ha curado. ¡Viva Glana!" Arno está encantado; sus ojos brillan y hasta parecen humanos. No he vuelto a mencionar a Marisa. "Pasó la crisis", dice. Actúo bien, me he dejado guiar con una docilidad y una atención de las que no me creía capaz. Nadie se percata de la verdad, de que sigo sin entender, de que la desesperación me abruma. Los odio a todos. No. A Arno, no. Es mejor que los otros, no es un autómata. Casi todos son iguales. Muy pocos parecen tener vida. Máquinas. ¿Qué sienten? ¿Qué piensan?

Arno dice que el funcionamiento de nuestra sociedad es perfecto. Desde la más tierna infancia las computadoras clasifican a cada individuo. Si posee facultades superiores se le abren todas las puertas, si no, se le condiciona para que pueda llevar una vida útil, feliz pero estática. Ya no hay amarguras, ni frustraciones, ni envidias, ni ambiciones vanas como en el pasado. El viejo mito del destino trazado de antemano es aquí realidad. No hay inconformes, no hay infelices. No hay más.

Glana, la oficinista, yo, es también una autómata. Pensé encontrar un trabajo interesante, un verdadero contacto con este asombroso mundo. No. Mi misión consiste en insertar las tarjetas que expulsa una máquina principal dentro de otras. Las azules aquí, las amarillas allá. Seis horas de trabajo ininterrumpido. Si me canso, tomo una píldora.

—¿Qué significan esas tarjetas? —pregunté. Todos me miraron sorprendidos. El supervisor me llamó a su privado.

—Glana, por esta vez pasa. Ha estado enferma, pero de hoy en adelante se controlará. Arno tiene influencias, pero... Nada de preguntas. Es peligroso pensar en horas de oficina. El trabajo, recuerde, debe ser automático. Usted no tiene derecho a equivocarse. Un error, una distracción podrían ser criminales. Satisfaré su extraña curiosidad, contraviniendo las reglas. Una tarjeta equivocada y algún sector de la población recibiría alimentación inadecuada. Imagine lo que sucedería. ¡Recuérdelo! Trabaje sin pensar.

Terminé el día con un nudo en la garganta. Arno me consoló por la noche. Mi trabajo era importante, una gran responsabilidad. No debía hacer preguntas. Sólo los científicos sabían el significado de mis tarjetas. Cada quien debía limitarse a su trabajo. El mío era en cierta forma una terapia. Disciplina mental, control de la imaginación, eso era lo que necesitaba. Claro que ahora, más que nunca, tendría que hacer un esfuerzo.

Ya no pregunto. Tengo que combatir cualquier idea que me distraiga. Tengo que resistir a la tentación de mirar los ojos de las personas que entran en la oficina. Tarjetas amarillas, máquina 1; tarjetas azules, máquina 2; tarjetas máquina, tarjetas máquina.

¿No se terminará nunca esta pesadilla? Si por lo menos los días fueran distintos unos de otros. La "terapia" está surtiendo efecto, cada hora que pasa me siento más derrotada. Sólo por la tarde después del trabajo, mientras espero a Arno, puedo recordar. Gerardo, mis hijos, mi familia, mis amigos. Horrible separación. ¿Qué hacen? ¿En dónde están? ¿Me recuerdan? ¿Sufren?

Me esfuerzo por no pensar en el pasado. Es imposible vivir en tal desgarramiento. Pero ¿y si termino por olvidar? Ya no habrá esperanza de volver. Miro ojos y más ojos. ¡Nada! Todos son de acero. ¿Quién podría entender?

* * *

Me encontró llorando de nuevo. Pensé que las lágrimas se habían agotado, pero esa tarde los recuerdos se agolparon vividos en mi cerebro, en mi corazón. Debe haber alguna manera de escapar, si no, prefiero morir. Quizá la muerte disipe las tinieblas... Me calmo al fin. Arno es bueno, me quiere, me consuela con argumentos falsos y píldoras eficaces.

—Lo que necesitas es distraerte. Nuestros amigos te esperan. No han tomado a mal tu frialdad. Iremos a verlos, charlaremos, iremos de paseo. No permitiré que sigas en esta reclusión.

Habían venido algunos a verme. Al principio, cada vez que se me anunciaba una visita, algo me saltaba dentro del pecho. Ahora sí, éste sería el par de ojos esperado. Nunca llegó. La desilusión se convirtió en misantropía. "No me interesan, Amo, no quiero ver a nadie." Así se fueron muchos días. Mañanas de tarjetas, tardes solitarias, agridulces de recuerdo y nostalgia. Noches de Amo. Agradezco su amor y quizá empiece a quererlo también, pero el vacío persiste, el desfile de ojos de acero es interminable.

—Tienes razón, Arno, necesito distraerme.

—Así me gusta. Iremos hoy mismo a casa de Zea. La pobre no se cansa de invitarnos.

No quiero herirlo. No hablaré más de allá. Nuestra intimidad es apacible y es necesario aceptar la realidad, buscar entretenimiento, volver a ser curiosa e interesarse por los demás.

No sabía que tenían televisión. Es idiota, pero no se me había ocurrido. En nuestra célula no hay. ¡Dios los bendiga! Moro y Zea tienen un enorme televisor. Cuando comprendí lo que estaba mirando en la pantalla me desmayé. Parece que tardé un buen rato en recobrar el conocimiento. Afortunadamente al despertar, el televisor seguía funcionando. Continuaba el mismo programa. "Me siento bien, sigamos mirando, por favor, sólo fue un ligero malestar." Y no me perdí un gesto, una palabra de la narración. Mediante un tremendo esfuerzo pude controlarme, me tragué las lágrimas, paré en seco el temblor que me sacudía. Era importantísimo que ellos no sospecharan nada. Terminó: "Éste ha sido un capítulo más de nuestra emisión estelar: *La dimensión desconocida*. Libreto, producción y narración de Yar. Vea y escuche cada ocho días, a la misma hora y en el mismo canal, este prodigioso programa de ciencia ficción".

¿Por qué estaba tan alterada? Era sólo ficción, repetían. Sus miradas inquisidoras me hicieron reaccionar de nuevo. Había que evitar un paso en falso. No podía decirles que lo que habíamos visto era mi mundo, el mundo de los seres humanos. Casi pude percibir los olores. ¡Era inaudito! ¡Era indudable! La "dimensión desconocida" era la mía. No. Me tomarían por loca, me acusarían de hacer mía esa ficción y volvería a empezar la batalla. Calma. Ya habría tiempo para reflexionar. Hablé de otra cosa y al cabo de un momento:

—Arno, ¿por qué no tenemos televisión?

—¿Cómo que por qué? A ti nunca te ha interesado y a mí me lastima los ojos. Mira cómo los tengo ahora.

—Arno... quiero un televisor. Tú no lo mirarás, si no quieres.

—¡Qué extraña eres! Cambias de un momento al otro. Además, si te vas a poner en ese estado...

—La televisión no tiene que ver con mi malestar. Fue sólo un dolor agudo. Nada. Ya me revisarás en casa. ¡Dios te bendiga, Zea!

—Comprendo que te haya gustado el nuevo programa, Glana. Esas historias absurdas son fascinantes. Anda, Arno, dale un televisor. Eso la distraerá.

—¿Cuánto hace que se transmite ese programa? —pregunto con un hilo de voz.

—Hace poco. Yar nunca había hecho algo tan especial. Ha sorprendido a todos. La ilusión de realidad es perfecta, ¿verdad?

—¿Quién es Yar?

—¡Cómo! ¿No recuerdas?

—Lo conocí el otro día —interviene Moro—. Un hombrecillo muy peculiar. Una mente extraordinaria. No sé exactamente de dónde es. Se rodea de cierto misterio. Supongo que está en su papel. Habla poco y parece distraído. El Comité le da todo lo que pide. ¡Se los ha echado a la bolsa!

Arno nunca me había visto tan contenta. Moro y Zea se sorprendieron de mi súbita locuacidad.

Ahora sí creemos en tu recuperación —dijeron.

Los sentí mis amigos, mis mejores amigos.

Al regresar a casa tuve que morderme los labios. Por nada del mundo debía revelar a Arno la razón de mi alegría. ¡Una esperanza al fin! Me tomó en sus brazos, me apretó contra su pecho, muy fuerte, sin hablar.

* * *

El aparato llegó un poco antes de que empezara el programa. Durante estos días no he vivido de la impaciencia. Los técnicos que lo instalaron se sorprendieron de mi infantil entusiasmo. Arno tuvo una emergencia en la clínica y no llegó a tiempo. ¡Qué suerte! Pude disfrutar — qué digo— vivir el milagro sin testigos. Me parece despertar de un sueño. ¡Qué extraño programa! No hay argumento, no hay principio ni fin. Una hora de la vida de una familia humana. Debió suceder en algún pequeño puerto del Mediterráneo. Yar es en efecto un genio, un iluminado. ¿Qué diría si supiera que ese mundo fantástico que imagina, crea, describe con precisión en su charla, existe de verdad? El corazón me palpita demasiado rápido, la sangre me quiere saltar de las venas, quisiera gritar, pero hay que conservar la calma, investigar. Yar puede ser la clave.

Arno me volvió a la realidad. Inauguramos alegremente nuestra adquisición. Se ríe de mi euforia sin compartirla, con los ojos verdaderamente lastimados. El resto de la programación fue "normal". Pasmosos reflejos de este universo, de este mundo técnico y frío al que ahora pertenezco, al que —es inútil negarlo— empiezo a acostumbrarme. Maravillosa, patética capacidad de adaptación de los que amamos la vida, sea donde sea, sea como sea. A Arno también me he acostumbrado. Nunca ha habido problemas entre nosotros, me decía. Es cierto. ¿A qué se debe esta absoluta paz en la que aquí nos hundimos todos como en una inmensa madeja de algodón? ¿La alimentación? ¿La medicación obligatoria? ¿La disciplina inexorable a la que estamos sometidos? ¿La total solución de los problemas básicos de la existencia? ¿La previsión del destino? Soy escéptica. No hay dolor, pero tampoco hay una verdadera vida individual. Civilización de autómatas. Necesito comunicarme con Yar cuanto antes, antes de que mi memoria desaparezca.

* * *

Llegó el día. He esperado mucho tiempo. Dentro de unos minutos lo voy a conocer. Ha sido difícil; el tipo de comunicación que he intentado es algo insólito aquí.

—¿Para qué deseas conocer a Yar?

—Es sólo un capricho, Arno, por favor. Arregla una entrevista —una vez más manejo su cariño.

—Glana querida, siempre inquieta. Algo debe maquinar tu extraña cabeza.

"Ten cuidado, por favor, no debemos ponernos en evidencia.

—Sígame.

Me guían hasta su oficina. Está sentado detrás de una gran mesa cubierta de papeles. Lo rodean aparatos complicados. ¡Qué raro! Muy pocos usan lentes. Seguramente tiene algún defecto, como Arno. No me ha visto. Da instrucciones a sus ayudantes en voz baja, pero clara. Es pequeño, insignificante casi. Se va el último que queda. Lentamente se vuelve hacia mí, me mira y respinga. ¡Sí, respinga! Se acerca y me hace señas de callar. En el fondo del estudio se cierra una puerta. Sonríe con las gafas en la mano y no lo puedo creer. ¡Sus ojos son verdes! ¡Verdes! Brinco, corro hacia él, me tiende su mano cálida, lo abrazo. Me deja sollozar.

—Calma, por favor, cálmese.

—Yar, usted... yo... somos...

—Sí, amiga mía, cálmese. Yo también estoy impresionado —y después de un momento—: Vamos a ver. ¿Quién es usted? ¿Cómo fue? ¿Cuándo?

—No sé cómo ni cuándo. He perdido la noción de nuestro tiempo. Fue una grieta, un viento, finalmente la clínica —le cuento todo. Todo mezclo: Arno, Gerardo, las tarjetas, hay montañas, parecen humanos, quiero volver—. ¿Qué pasa, estamos muertos, quiénes son, en dónde estamos? Hay que irnos.

Sonríe suave, triste, maravillosamente. Por fin callo, lo amo, somos hermanos.

Pausadamente, a su vez, me cuenta: paseaba por el campo en pos de un extraño insecto —eran su pasión—y aquél era desconocido. Estaba seguro. Se metió en una cueva húmeda, oscura, hacía frío. Buscaba una linterna en el bolsillo cuando de repente sintió que caía. Había sucedido hacía más o menos diez años. Era joven y tenía un gran porvenir. Sabía, literalmente sabía, que estaba predestinado a hacer un gran descubrimiento. Estudiaba física y su nombre empezaba a sonar. Lo recogieron en una calle, aparentemente víctima de un shock. No hablaba, no recordaba nada. Pasó en la clínica algunos meses. Poco a poco renació en este mundo y supo de qué se trataba: esto era en efecto un paralelo. Afortunadamente un mundo bastante similar al nuestro. Estábamos a sólo unos segundos de nuestro tiempo. Sí, la grieta era de tiempo. Se necesitaban ciertos conocimientos para captar el fenómeno. Ya me iría explicando. ¿Había oído hablar de la relatividad y esas cosas?

—Yar, ese programa suyo, ¿cómo es que resulta tan real?

—No resulta, es real. Las imágenes que usted vio son imágenes directas de nuestro mundo. Ellos no lo saben y por el momento no deben saberlo. Fue una casualidad, una de esas milagrosas casualidades con las que se topan de vez en cuando los científicos. Pero déjeme contarle cómo sucedió. Cuando me recuperé, cuando aprendí a comportarme aquí, un "cerebro", es decir una de sus complejas computadoras, decidió mi destino y me mandaron a la televisión. En un principio no me interesó; sin embargo, me familiaricé bastante pronto con sus aparatos. Me dediqué de lleno a mi trabajo. Un día, experimentando en cierta combinación de frecuencias, capté una extraña y muy familiar imagen... una imagen de allá. Duró unos segundos. Volví a ensayar una y mil veces. Y ahora, después de cálculos y más cálculos, de experimentos y más experimentos, puedo enfocar lo que quiero más o menos exactamente, conociendo desde luego el tiempo y la localización de las escenas. Ellos creen que realizo un programa a base de montajes fílmicos y de imaginación. Piensan que creo personajes a mi imagen física. Los ojos desde luego. Que monto geniales escenografías. Sí, dicen que soy un genio —ríe amargamente—. ¡Y puede que lo sea! Lo que más trabajo me ha costado, después de las dificultades técnicas, ha sido aislarme para evitar que mis ayudantes descubran la verdad.

—Pero Yar, ¿por qué? Su descubrimiento es la prueba palpable de que existe un universo del que provenimos. Así ellos nos podrían ayudar. Nosotros...

—¿Nosotros? ¿Sabe cuántos somos? Cuatro. Cuatro pobres náufragos en este inmenso mundo. Hasta el momento, contándola a usted, sólo tres personas se han comunicado conmigo al reconocer su mundo. Quizá haya más, quizá haya animales o cosas que han resbalado por otras grietas. No lo sé. Hay que esperar todavía. Los otros dos no viven en esta ciudad. Uno de ellos no se resignó, no me quiso hacer caso y mantener por el momento el secreto. Supe hace poco que lo encerraron en una clínica. No obstante sus adelantos técnicos, no están preparados para aceptar este increíble fenómeno. ¿Lo estábamos nosotros allá? Recuerde las suspicacias, las burlas, la desconfianza hacia cualquier tipo de acontecimientos incomprensibles... Créame, hay que tener calma. Vea su televisor. Con sus datos trataré de encontrar a su familia. Puede venir a verme, pero no con demasiada frecuencia. Recuerde, hay que trabajar en silencio.

Arno está en la estancia vecina. ¡Maravillosa pared aislante que ha ocultado mis gritos, mi dolor, mi alegría! Arno aquí junto y ellos tras el cristal. Pude tocarlos, besarlos. Los vi. Estuve con ellos después de tanto tiempo. ¿En realidad cuánto? El mayor ya usa pantalón largo y el pequeño ya va a la escuela. La niña redonda se ha vuelto larguirucha. Pronto será mujer y yo aquí, tras esta maldita, bendita pantalla. Gerardo tiene canas. Creí ver mi retrato en la mesita, bajo la lámpara. Adiós, Marisa. Niños sean buenos que mamá los está mirando...

No sé cómo pude resistir la tentación de llamar a Arno, de arrastrarlo a presenciar la terrible prueba de mi verdad. Habría dudado todavía. Me hubiera creído definitivamente loca. Eso fue lo que me dijo Yar cuando me avisó que hoy lo intentaría. Prometí callar. No entorpecer sus investigaciones. Se veían tranquilos. Cambiaron la decoración...

Yar sigue trabajando. Él está seguro de no tener pasado en este universo. Le intriga mi estancia anterior aquí, esa Glana del accidente. Esa Glana desaparecida cuyo lugar ocupo. Yo usurpadora, impostora. ¿En dónde está la verdadera Glana? Quizá cayó también en una trampa, quizá vive una vida prestada en mi mundo o en otro. Quizá los seres son dobles, triples, múltiples como los universos. Quizá hay pasadizos entre unos y otros. Quizá Yar pueda algún día encontrar la grieta.

Después de Samarkanda

María Ivanovna empezó a dudar seriamente de la existencia de la muerte. Terminaba el invierno y todavía seguía con la caravana. El derviche que se les había unido en el camino comprendió los tormentos de la pobre longeva. Fue a consolarla. Se le acercó con las manos tendidas desde lejos, cruzando el enjambre de odiosos chiquillos que revoloteaban entre las tiendas. Cuando llegó hasta ella, levantó con suavidad la pulguienta piel de oso que la cubría y la miró intensamente. Luego, con una extraña sonrisa, dijo: "María Ivanovna, muy pronto dejarás de padecer. La nueva vida se abre paso hacia ti. Ten un poco de paciencia y prométeme no volver a quejarte de tu suerte. Pronto, muy pronto, todo cambiará. Después de Samarkanda".

La tarde refrescaba y los dolores se recrudecían; contra su voluntad, pues recordaba la promesa hecha al derviche, dejó escapar leves gemidos. Se sentía mal, sin embargo, mediante un gran esfuerzo, logró esa noche sostenerse en pie durante los escasos minutos que duraba su número. "Y ahora, señores y señoras, abrid bien los ojos. Vamos a presentaros a la babushka de nuestra troupe, a la venerable raíz de la que provenimos casi todos los miembros del circo Versilov, conocido y aplaudido en los cinco continentes, a la madrecita que, a los 127 años de edad, sostenida por el amor de sus 8 hijos, 39 nietos, 151 bisnietos y 43 tataranietos, se enfrenta aún con optimismo a la Parca. Señores y señoras, María Ivanovna Versilova."

María Ivanovna saludó a los cuatro puntos cardinales, diminuta dentro de su pesado traje de época, sofocada por el rouge, rodeada por sus seis más jóvenes tataranietos que con sonrisa angelical le picaban las costillas con sus varitas doradas para que no cayera. "He aquí, amable público, lo que se logra con una vida de virtud, de sacrificio y de amor. María Ivanovna, nuestra madrecita." Entonces Piotr y Alexis, su bisnieto el equilibrista y su bisnieto el domador, besaron solemnemente sus manos y la arrastraron tras el telón.

Los miró interrogante. Según fueran los aplausos así de abundante sería la papilla que le darían. Cuando el público se mostraba generoso y llovían monedas, alguien le ayudaba a comer y, si realmente estaban de buen humor, le tendían un vaso de vodka que la sumía en delicioso sopor. Si no...

La mañana despuntaba radiante cuando la caravana penetró en el bosque. Samarkanda quedó atrás bañada en oro. La primavera se abría paso. Después de todo, quizá le gustara vivir otra primavera, pero ¡por Dios! que fuera la última. Al cabo de unas horas las carretas se detuvieron para el almuerzo. Los guías irían a buscar el camino borrado por el invierno. Recostada contra un viejo tronco más joven que ella, María Ivanovna reflexionaba escuchando la algarabía de los chicos en el claro y la charla de los pájaros a sus espaldas. Pensaba en la vida y en la muerte. En tantas vidas y en tantas muertes. Su dedo índice se paseó inconsciente por sus encías. Ahora también ellas le molestaban. Muy sorprendida, volvió a recorrer la dolorosa ruta. Sus manos fiebrosas hurgaron en sus andrajos hasta encontrar un pedazo de espejo. Hacía mucho tiempo que no usaba tal tesoro, pero en ese momento era necesario mirar. Un cielo casi cobalto tembló un instante en su palma y después, azorada, vio reflejarse en el trozo de vidrio dos hileras de despuntantes perlas.

La vieja devoró con olvidada fruición el último bocado de carne. Una vez satisfecha, se frotó el estómago, los miró y lanzó una desafiante carcajada para que los incrédulos pudieran admirar el milagro. Como reguero de pólvora la noticia de su nueva y refulgente dentadura había cundido en el campamento. Crecían los comentarios: que si era una calamidad porque habría que darle de comer, que si era una bendición porque la gente pagaría por el fenómeno, que si era brujería.

La caravana tardó muchas semanas en atravesar el bosque. Los ríos estaban crecidos y resultaba muy aparatoso hacer pasar las carretas sobre vestigios de puentes. El fango entorpecía el progreso de las ruedas. Alguna tormenta tardía se encargaba de vez en cuando de dificultar aún más la penosa marcha. De no ser por la generosidad de uno que otro caserío o por las eventuales piezas de caza que cobraban los hombres, las provisiones se hubieran terminado mucho antes de llegar a la meta. Se empezaba a sentir hambre. Por las noches las bestias bramaban más que de costumbre. Sin embargo, María Ivanovna fue intensamente feliz durante aquel azaroso recorrido de la floresta. Veía a menudo la enigmática sonrisa del derviche y, aunque un poco asustada, empezaba a comprenderla.

La poca carne que le daban y el aire perfumado de la nueva estación parecían obrar milagros, se decía, sabiendo perfectamente que la rápida desaparición de sus males, que la embriagante vida que fluía por sus venas de nueva cuenta, no podían atribuirse a esas causas. Sus piernas la sostenían como antes, mucho antes, y ya nadie se sorprendía al verla pasear sola por el bosque. Los chiquillos la miraban de reojo; ya no la empujaban como no queriendo, ni le gritaban majaderías, ni arrojaban en su regazo arañas y horribles gusanos. En cuanto los veía acercarse, blandía orgullosa su bastón y ellos corrían despavoridos. Los mayores casi no se atrevían a hablarle. Cuchicheaban al calor de las fogatas ocultando ante ella su temor. Los reconocía ya a todos y se divertía interpelándolos. La trataban obsequiosamente aunque ninguno permanecía mucho tiempo a su lado; pero ya no los necesitaba, ya no la arrastrarían tras ellos sin cariño, hiriéndola con bromas crueles cuando costeaban algún cementerio, reprochándole de mil maneras más o menos calladas los mendrugos que le lanzaban.

Cuando la caravana llegó a Tashkent, el circo Versilov desplegó inmediatamente su gran carpa. La travesía había sido larga y cansada, pero las necesidades eran imperiosas. Los últimos ahorros se dedicaron a la alimentación de las bestias. Estaban hambrientas y no trabajarían con la panza vacía.

El número de María Ivanovna fue objeto de graves conciliábulos. Por fin se decidió presentarla como la babushka de siempre, "prodigio de conservación, maravilloso resultado de una vida ejemplar, prueba viviente de la fortaleza de la raza". Para autentificar su edad, se buscó en las viejas arcas del circo un papel que no dejara lugar a duda. Se encontró con alguna dificultad una amarillenta acta de compra-venta firmada por el conde Sulov a favor del cirquero Versilov. En una nota adjunta se explicaba que el gran corazón de Su Señoría se había dejado enternecer por el amor que su sierva María Ivanovna, hija legítima de su también siervo Ivan Zvierev, despertara en el cómico Versilov. Que, en reconocimiento a la gracia y la habilidad del hombre que hiciera las delicias de sus amados hijos durante todo un verano, Su Señoría cedía a la susodicha sierva por la modesta suma de 30 rublos. El acta ostentaba la fecha indispensable. El sello avalaba 107 años de vida del preciado papel.

Los preparativos fueron vanos. El acto de la venerable babushka ya nunca se realizó. Cuando sus hijos, nietos, bisnietos y tataranietos vieron salir a María Ivanovna de detrás de la cortina que hacía las veces de camerino, comprendieron que nadie sino ellos podrían creer el milagro. Enfundada en un fulgurante traje de lentejuelas rojas, sustraído del baúl de su bisnieta Tatiana, la vieja avanzó garbosa. Sus mugrosos andrajos habían ocultado hasta entonces las transformaciones de su cuerpo, que era ahora el de una bien plantada moza. La tersura de sus brazos y piernas competía con la juventud de sus descendientes. Un busto erguido palpitaba bajo el centelleo del corselete. Músculos tensos sostenían una espalda fuerte que remataba en breve cintura. Las arrugas que todavía marcaban su vetusto rostro habían desaparecido bajo sabios afeites y el cabello blanco, ya rayado de rubio, caía como fecunda cascada sobre los hombros.

Cual reina altiva, María Ivanovna Versilova cruzó las filas de bocas abiertas. Con el fervor y el brío de antaño bailó esa noche sobre la pista de aserrín.

Un cuaderno azul

Leyó en la primera página:

No sé en realidad si soy yo la que invento las historias o si ellas existen en algún lugar, en algún tiempo, y se acogen a mi endeble pluma para que las anote en este cuaderno. ¡Hay tantas! Se posan en mí como se pasan y anidan en una roca especial, aunque igual a la demás, las aves marinas que revolotean bajo mi ventana

Los ojos de Bob se empañaron. ¡La abuela! ¡El cuaderno de la abuela! La recordaba precisa y tiernamente aunque sólo la veía durante las vacaciones, cuando la parvada de nietos invadía la casona un poco descuidada de la playa. Los viejos los esperaban en el porche con ojos brillantes. Siempre decían lo mismo: "¡Cómo has crecido, cómo pasa el tiempo!" Bob los adoraba por la libertad que le ofrecían. Durante un par de meses se atiborraba de fragantes galletas de nata que la abuela horneaba a diario, se despellejaba al sol, se volvía pirata en compañía de sus hermanos y primos. Por las tardes, emprendía largas caminatas por la costa al lado del abuelo provisto de su bastón y de su enorme San Bernardo. Bob buscó en su memoria algún indicio de las aficiones lite-

rarias de la abuela. No, no recordaba nada que...
Se preguntó entristecido por qué las había ocultado.

Siguió hojeando el cuaderno forrado de un papel azul tan desteñido como los ojos de la autora. Reconoció algunas de las historias que ella contara durante las alegres veladas de su infancia en vacaciones. Emocionado y sorprendido por otras, leyó hasta que un último destello de sol hizo brillar la pistola que había depositado sobre la mesa. Su frente se nubló. Será mañana, pensó al bajar la crujiente escalerilla del viejo desván atiborrado de tesoros inútiles. ¡La abuela escritora! ¡Quién lo hubiera imaginado!

Abajo el ambiente era consolador. Bob se sintió contento. Encendió la pipa con la mirada fija en las brasas que chisporroteaban esparciendo rojo calor por la estancia. Fue a la cocina, se preparó otra taza de café y se volvió a acomodar junto a la chimenea. Nunca como entonces se había sentido tan en casa. Su casa. Todos se sorprendieron cuando el notario leyó la frase que la hacía suya:

...*y* dejo mi casa de la playa a mi nieto Robert con la condición de que nunca se deshaga de ella ni de ningún objeto que contenga; con la condición de que prometa refugiarse en ella el día en que la vida lo suma en la desesperación.

Tan sorprendido como los demás, Bob se sintió avergonzado. La casa de la playa era un símbolo de la unidad familiar. En ella se guardaban los

44

recuerdos comunes de muchas infancias, de horas ricas mágicas. Era de todos, pero uno nada más, él, era ahora el dueño. Era natural que los otros se sintieran heridos.

Con frecuencia venía a pasar el fin de semana. Nunca olvidaba invitar a alguno de sus parientes sin inmutarse por sus casi constantes negativas; sin embargo, el ambiente nunca volvió a ser el de antes. Cuando alguno de ellos aceptaba acompañarlo, se comportaba como un huésped extraño. Los niños, sus sobrinos, lograban revivir en ocasiones el clima que otros niños habían gozado, pero de cualquier manera Bob nunca pudo evitar un vago sentimiento de culpa: era la casa del tío, del soltero, del menos indicado para poseerla.

En esos momentos, Bob sintió un profundo agradecimiento hacia la abuela. Si no le hubiera dejado esa casa, ¿adonde habría ido?, ¿adonde hubiera encontrado un poco de consuelo? El bar de Nicky, al que llamaba con una pizca de amargura su segundo hogar, le pareció hostil la víspera. Recorrió las amplias habitaciones de su apartamento sin encontrar un rincón que lo acogiera. Ni las calles brillantes y vivas por las que tanto le gustaba deambular, ni el recuerdo de sus amigos, ni sus más preciados libros supieron apartar de su mente la imagen del papel macabro que le entregó por la mañana la enfermera. Entonces recordó la extraña frase del testamento de la abuela: "...cuando la vida lo suma en la desesperación". Se puso sus viejos pantalones de pana y su *pull-over* de marino, tomó una botella de su mejor brandy, preparó su portafolios y huyó a toda máquina hacia su casa.

Al llegar le pareció ver en el porche una menuda silueta de cabellos blancos, pero ¿qué no verá un condenado a muerte en una tarde de invierno? Seguramente el viejo Mac había hecho el aseo en esos días, pues todo estaba en orden. Encontró algunas provisiones en la cocina. Se sirvió un buen trago y peregrinó lentamente por la casa. Después abrió el portafolios y tomó la pistola.

El desván olía a la abuela. Sopló el polvo que cubría la mesa de caoba y preparó su arma. Lo haría, ahí, en ese amado desván frente al mar. Olía mucho a la abuela; probablemente hubiera ahí algunas ropas impregnadas de su perfume. Los olores sobreviven. Buscó la presencia entre lámparas rotas y sillones cojos, entre mohosas cuerdas y cañas de pesca; tropezó con pedazos de juguetes y ruedas de bicicleta; hojeó periódicos de hacía veinte años. El baúl estaba en un rincón casi oculto por el fantasma de un biombo. Al abrirlo Bob se sintió niño en brazos de la abuela. Reconoció algunas de las prendas, el vestido de flores lilas, las chaquetas tejidas, aquella blusa de rayas amarillas. Lloró durante un buen rato con la cara escondida entre las ropas. En el fondo del baúl había un cuaderno azul.

No sentía sueño. El horror, el pánico, la desesperación del día anterior se habían esfumado. La enternecedora lectura lo había calmado. Estaba perfectamente tranquilo. La muerte en su casa ya no lo espantaba. Se hundió en los recuerdos, galletas y playa, sol y corsarios, risas y cuentos. El golpeteo de una ventana lo sacudió. Tomó el portafolios y de él un papel. Ocho letras, ocho letras ni siquiera mayúsculas: Leucemia. Tres a seis meses de vida. Y la enfermera se lo había entregado así... sin mirarlo. Con gran parsimonia revisó sus papeles sabiendo que todo estaba en orden. Lo consoló la idea de que la casa volvería a ser de todos. ¡Vaya! Se había olvidado de algo. ¿Cómo se dice en estos casos? No se culpe a nadie de mi muerte. He decidido ahorrarme unos meses de enfermedad. "Live fast, die young, make a handsome corpse." Bob rió. Había leído esa frase hacía poco en una novela policiaca. La pistola había quedado olvidada en el desván. Lo haría mañana domingo, buen día para emprender un viaje.

Una brisa helada se coló en la recámara. De momento no recordó nada. ¡Qué bien se dormía ahí! Se sentía fresco, sí hombre, irónicamente sano. Desayunó y fue a dar un paseo por la playa. Hacía frío, mucho frío en esa época del año. El mar se repetía incoloro. Ni un alma a la vista, sólo unas cuantas aves libres y audaces como las historias de la abuela. Volvió a casa y subió al desván. La pistola lo esperaba junto al cuaderno azul.

Bob imaginó a aquella querida sombra escribiendo su mundo secreto frente al mar, con su vestido de flores. Lugares lejanos, gente extraña, vidas desconocidas. ¡Tenía imaginación la abuela! ¡Sorprendente persona! No había terminado la lectura del cuaderno. Sintió que no podía irse sin llegar hasta la última línea. La autora merecía ese homenaje de su único lector.

Habiendo perdido la página, leyó al azar:

Aquella mujer se ponía de más en más nerviosa. Los problemas la estaban agobiando. Ese día, incapaz de concentrarse en su trabajo, confundió papeles, equivocó nombres. Y cuando aquel joven acudió a buscar su sobre, ella, torpe, ausente, le entregó una sentencia destinada a otro. En ese instante se jugaron dos suertes: el hombre decidiría truncar su vida y ella, pobre mujer cansada, cargaría desde ese momento con las cadenas de la culpa, con el angustioso recuerdo de su irreparable error. El verdugo de esos dos seres fue un vulgar papel equivocado.

Bob no pudo moverse de la sorpresa durante un buen rato. ¡Abuela! ¡Extraña y maravillosa abuela! Por fin, besó apasionadamente el cuaderno, tomó la pistola y corrió a la playa. El arma cruzó el viento para hundirse sin ruido en el océano helado.

Camaleón

Ana, Ana, Ana, Ana tañen monótonas las campanas del *Ángelus*. Por el blanco callejón ella camina como en sueños. Dobla la esquina esperando —vana costumbre— alguna novedad en el otro callejón igual de casas chaparras, las mismas, de rejas negras, tediosas. Sigue adelante, cabeza baja, hasta desembocar fuera del empedrado en el camino de polvo que lleva al Salitrillo.

El campo, inmensidad reseca, se abre ante ella. Sonríe al horizonte y se aleja del pueblo en su paseo de cactus roñosos y arbustos brillantes de espinas. En realidad no quiere ir más allá del río, único consuelo de su tierra dura. Va a mirar sin estorbos los cerros pelones, a remojarse los pies en el agua pizarra que se arrastra entre los sabinos y a pensar. Su decisión se fortalece a cada paso. "¿Adonde va tan pensosa, doña Ana?", le gritan las lavanderas desnudas hasta la cintura que, con el pelo recogido en molote, se bañan en la pila mientras la ropa blanquea. Sigue caminando entre nopales y hierba seca hasta que llega a su rincón de arroyo. Mira hacia arriba. El cielo prístino del Bajío se va a despedir del sol.

En esta tarde de octubre, Ana Castelar empieza a cambiar. Es difícil cambiar su vida, pero ella lo va a hacer, lo tiene que hacer. Más allá de las montañas hay esperanza.

"¡Ay, Gonzalo pa' que te encontré! Ahora me quitas a mi hija. Le abres una jaula para encerrarla en otra."

—Alicia —dije—, no vuelvas acá después del colegio, vete lejos. ¡Vive!

Sus ojos me hirieron:

—¿Y mi padre qué? ¿Lo odias, verdá? ¿Eres mala o estás loca?

—Dios te ampare, hija que no entiende.

"Yo me iré, Gonzalo Castelar, fabricante de fantasmas."

Y lo quiero todavía. Se me sacude el corazón cuando lo veo galopar en la distancia seguido de sus perros. Todos debemos ser perros. Y me duele el alma cuando regresa de Querétaro oliendo a perfume barato con los ojos alborotados.

—Tú eres la esposa —dice—, la mujer de un Castelar, ¿no te basta? La esposa se calla, y si te vuelvo a ver con los labios pintados me quito el cinturón, ¿tá claro? Vamos a ver si ya no hay mujeres decentes. Y nada de libritos que lo único que hacen es enturbiarle la razón a las tontas como tú. ¡Derechos! Derechito, sí señor. Si tú... Te juro que te mato, por ésta que te mato. Pero de qué me preocupo. Después de los treinta las mujeres ya no. Uno es otra cosa. Pero no pases cuidados que tú eres la esposa, digo, la mamá de mija aunque no serviste pa' dar un varón. Calladita me gustas, dócil que así no pasará nada.

Ana revive mil años humillantes hasta que siente frío.

—Los libros no enturbian el pensamiento, Gonzalo, lo despiertan de su sueño.

¡Ay, Dios, si se llega a enterar de que su amiga "la loca" se los ha seguido prestando! ¡Ay de ella si descubre lo que platican cuando él se va a recorrer tierras! En lo que no está de acuerdo es en largarse así como así.

—¿A ver, qué te puede hacer?

—Matarme, nada más.

La otra se ríe porque dice que hay leyes. No entiende que viven en siglos distintos. Se irá, sí, pero poco a poco, irá desapareciendo, se irá perdiendo como se pierden los camaleones.

El cielo negro es aún más amplio que el azul. ¡Y pensar que lleva años sintiendo que esa bóveda, como campana de cristal, sólo encierra el valle! Ana llega frente al portón sin darse cuenta. Empieza hoy mismo. Paciencia no faltará. Ha dejado de ser todo lo que podría retenerla en su mundo.

Gonzalo se llevó a la hija y no volverá en varios días. Ana aprovecha su soledad para ensayar. Mimetismo se llama eso que les pasa a los camaleones. ¡Y si ella lo lograra! Se tiende en la cama, boca arriba, suelta los brazos, las piernas, todo el cuerpo, mientras mira sin mirar el techo de vigas negras como rejas. Su respiración se va acallando, su sangre ya no golpea. El tiempo de muchos días, de muchas noches se arrastra lento como los movimientos que Ana ensaya, recluida, tenaz, solitaria. A veces interroga a su espejo. Trata de controlar la silueta blanca que agita el cristal, pero todavía el camisón vuela demasiado, la piel vibra y los ojos brillan en noches eternas. Por fin en la luz mortecina de un amanecer, le parece que su reflejo es ya más difuso. La mujer se pasea frente a la luna y ésta apenas y la capta.

Ha llegado el momento de salir. Entre las macetas de los helechos, por las tarimas enceradas de las salas y hasta en la vasta cocina de Pancha, de ollas colgadas y humillos sabrosos, Ana aprende a destruir su imagen por instantes. Se desliza, se diluye y poco a poco se esconde aún en espacios abiertos y lisos. Le sorprende la facilidad con que entra y sale de una realidad a otra. Le duele y le halaga el olvido de los sirvientes.

Se ha propuesto ser piedra y agua la tarde en que regresa Gonzalo. Está de pie junto a la fuente cuando los pasos fuertes resuenan en el patio. Ana, vestida de pardo, lo mira sin moverse. Él la llama a gritos, sin verla durante algún tiempo. Al cabo de un momento, no resiste más. La emoción y el miedo rompen el hechizo.

—¡Vaya! Si aquí estás, mujer. ¿Qué? ¿Todavía te dura el berrinche?

—No, Gonzalo, buenas tardes.

—¿Qué te pasa, estás enferma?

Ella se percata del peligro de las emociones, de los cambios repentinos.

—Estoy bien, te esperaba —agrega en un tono más vivo.

54

—Así me gusta, que entiendas razón. La muchacha quedó bien instalada. La superiora me prometió vigilarla día y noche y ahí sólo le enseñarán lo que las mujercitas deben saber, ni jota más.

Cruzan el patio. Ana copia el paso del hombre.

—¿Dónde te metes? ¡ANA! Ah, oye. Dispón una buena cena. Va a venir gente importante. A ver si te sabes comportar. Nada de querer hablar tonterías. Ten la llave y saca un buen tequila y un tinto.

Los escucha discutir desde su penumbra, perdida en su sillón. Ha sido una dura prueba, pero ya se siente sillón. Su esmero ha evitado cualquier contratiempo. La cena ha pasado sin resistencia. Ya no habrá más resistencias. Los hombres se olvidan de la mujer gris. Ahora se van. No se despiden de ella ahí presente, invisible, silenciosamente triunfante. Tarda en moverse.

En la alcoba, Ana espera temblorosa, a punto de perder el control. Respira, respira y trata de palidecer como las sábanas. ¡Que la olvide, por favor! Gonzalo está satisfecho, va y viene sin mirarla, pero en el lecho, ella no puede escapar al calor del vino. Las manos duras buscan su cuerpo y ella tiene que ahogar su rabia. Se deja tomar pasiva, mansa como agua estancada. Ya no habrá resistencias.

Día a día, Ana aceita la maquinaria de su vida. Ha dado callada solución a los problemas hogareños. Ha resistido a la inquieta simpatía de Pancha y de los demás, cuyos ojos inocentes han tratado a veces de atravesar la niebla de su misterio. La percepción de Gonzalo se adormece. Ana es su eco perfecto, el reflejo deseado, brumosa arcilla en sus manos egoístas. Las semanas, los meses la ayudan. Se ha desprovisto de ademanes. Su mirada se sume cada vez más en una opacidad serena, en tanto que sus manos parlanchinas aprenden a moverse en cámara lenta. Combate todavía la impaciencia, el recuerdo, la emoción. Se enclaustra temerosa del embate de la vida exterior. Pasea su soledad por la huerta jugando a ser árbol y césped hasta que los gorriones la olvidan y las mariposas le rozan la piel.

—El señor se fue a México, seño. Que dijo que pa' un negocio de los novillos nuevos. Y que regresa pronto.

—¿No preguntó por mí, Pancha?

—Pos la verdá que me extrañó. Mire seño, yo creo que...

Sorda y radiante Ana se aleja. Corre por el campo hasta que la garganta le revienta en un grito largo que serpentea en el aire. Se tira sobre la tierra amarga y le clava las uñas. Chilla, patea. "Ay, vida, no te me escapes. No te me olvides, esperanza." Corre riendo entre los surcos frescos. Se sacude como títere, aletea como pájaro que reaprende a volar. Se arranca la ropa y se da al agua oscura y tibia de su río. Se mueve —cómo se mueve—, se revuelca y goza, se acelera hasta que cae rendida en un lecho de musgo. Cuando despierta, el sol está alto. Se viste y va apagando su alegría, guardando su juventud, hasta disminuir al mínimo su ritmo.

No falta mucho. Los meses se han ido. Los aguaceros han teñido de verde el camino del Salitrillo que Ana mira desde su ventana. Los caballos han patinado en el lodo y las campanas tañido con esfuerzo en semanas húmedas. El viento ha cantado entre los maizales pesados. Gonzalo se ha ido y ha vuelto. Ya ciego, apaciguado, insensible. Nadie ve, necesita o siente en su antiguo pequeño mundo a Ana Camaleón, mueble, árbol, pared, flor, sombra. Otra vez arde la tierra y el polvo vela los nopales.

El sol se despide del Bajío, la tarde en que Ana se despide de su vida. Abre las puertas de par en par y aspira profunda, ruidosamente, el aire que se ha ganado. Nadie la ve irse. Ya fuera, pisa firme y levanta la cabeza. Por el callejón malva de rejas mentirosas, Ana camina hasta la terminal de los autobuses.

—Don Jacinto, déme un boleto para México... en el directo, por favor. Don Jacinto, le hablo, quiero un boleto. Don Jacinto, ¿no ve que tengo prisa? ¿Don Jacinto? Don Jacinto, ¿me oye? Don Jacinto, ¿qué no me ve? DON JACINTOOO..

La verdadera historia de la muerte de un planeta

Desde siempre se había abusado de la raza. Se le odiaba y perseguía de oficio. Se le acusaba de destruir, de contaminar, de asustar a las mujeres, pero en realidad se le aborrecía por su irreparable fealdad (el racismo siempre fue fruto de conceptos estéticos). Se le molestó implacablemente, con más desprecio que saña, pero con cierto método, hasta que alguien le inventó un destino más cruel que el de enemiga de la humanidad: el de servidora de la humanidad.

'Mamífero roedor, de aproximadamente un decímetro de largo desde el hocico hasta la punta de la cola; pelaje generalmente gris; muy fecundo y ágil; vive en las casas, donde causa daño por lo que come, roe y destruye; hay especies que viven en el campo", leíase en un arcaico diccionario hace mucho tiempo, antes de que todos los ratones del mundo fuesen enjaulados en los laboratorios. Los otrora "mamíferos roedores" se convirtieron, desde ese momento, en "campo de pruebas viviente", en "probetas animales", en "objetos de inoculación". Cabe aclarar que, en los principios de su profesión, ni siquiera disfrutaron de verdadera gloria, ya que la más graciosa especie de los conejillos de Indias acaparó el crédito.

Cuanto microbio, virus, germen, bacteria o corpúsculo inventó el hombre, fue rápidamente inoculado a los ratones. En sus frágiles cuerpos se produjeron, estudiaron, desarrollaron y curaron, desde las más inocuas hasta las más mortíferas enfermedades humanas. En ellos se inauguraron descubrimientos y se redescubrieron viejas fórmulas. Con ellos se investigó, se probó, se jugó, se envenenó sin piedad...

Fecunda y fuerte, la raza ratona resistió, generación tras generación, cuanto producto terrestre se le quiso inocular. Era de pensarse que ya había liquidado con creces su deuda con la humanidad; que cuanto había roído en su edad de piedra, había sido ampliamente pagado. ¡No! Desde un glorioso mes de julio de 1969, en que el hombre posó por primera vez sus plantas fuera de su planeta, hasta un fatídico febrero de 3140, siguió fluyendo por sus delicadas venas todo tipo de venenos nuevos, amén de las viejas especialidades de casa.

Triunfadores de los primeros polvos lunares, más o menos indiferentes a los moribundos microbios marcianos, los ratones casi se extinguen al primer sorbo de gas venusino; pero, gracias a los rápidos y "humanitarios" cuidados que se les brindaron, estuvieron listos para resistir el bombardeo de átomos jupiterianos, de iones saturnianos, de partículas del sensacional hielo seco de Plutón.

Sin embargo, el verdadero vía crucis de la especie empezó cuando los ratones, habiendo casi digerido, con algunos contratiempos, las muestras de nuestro modesto sistema solar, fueron elegidos para probar productos más sofisticados, que el hombre atesorara en lejanísimos planetas, en asteroides errantes, en extraños seres pescados al vuelo de su ambición.

La desagradable pero tranquilizadora apariencia de los ratones que, contra viento y marea, había permanecido fiel a la escueta descripción del diccionario, empezó a variar a medida que las materias inoculables se hacían más exóticas. Podían verse en los parques zoológicos ratones con picos enormes o con alas metálicas; otros, recubiertos de algo parecido a la seda bruta; otros, erizados de púas vegetales... Aparecieron en el mercado, desde luego a altos precios, ratoncillos petrificados y aún vivos, ratones milpatas, ratones de todos colores, ratones luminosos.

El destino de estos animalillos preocupó por fin a las grandes masas. Llovían protestas de todo tipo, desde las de asociaciones humanitarias, pasando por las de comisiones encargadas de la preservación de las especies terrícolas, hasta las de algunos secos economistas a los que escandalizaban las enormes sumas que los sabios gastaban para mantener su reserva de ratones. Los laboratoristas permanecieron impávidos. Los ratones siguieron viviendo y padeciendo en sus jaulas de siempre, salvo aquéllos que salían al consumo general, en calidad de curiosidades y mascotas de niños ricos. Parecía como si existiera una conjura. Se aseguraba que eran insustituibles. Ni los más perfeccionados androides podían suplir a los prehistóricos y modestos ratones.

Pasó el tiempo. A principios del cuarto milenio, el hombre, dueño ya de un buen trozo de universo, posó sus conquistadoras plantas en un nuevo planeta de la constelación de Casiopea, extrañamente similar a nuestra Tierra, llamada por propios y extraños La Bella Turquesa. La adquisición no mereció más que una rápida mención tanto en los periódicos electrónicos como en los telepáticos de aquellos días. Como muchos otros cuerpos celestes explorados anteriormente, el planeta no albergaba más que una vida sumamente primitiva, aunque se encontraron algunos enormes fragmentos de hueso desmoronándose lentamente en su superficie.

Unos años más tarde, partículas de aquella colosal osamenta cayeron en manos de ciertos maniáticos laboratoristas, quienes, fieles al viejo sistema, se apresuraron a inocularlas a un contingente de sufridas bestiecillas. Bromeaban entre ellos y cruzaban apuestas sobre la suerte que correrían, en esa ocasión, los ratones. El antiguo juego de provocar metamorfosis cada vez más extrañas no perdía actualidad. No esperaron mucho. Apenas inoculados, los ratoncillos empezaron a inflarse cual globos, ante la hilaridad general. En unos cuantos minutos, rompieron los endebles barrotes de las jaulas y siguieron creciendo, hasta que su tremenda masa aplastó a sus verdugos contra las paredes. El laboratorio entero reventó. Monstruosos, gigantescos ratones, que parecían no tener límite, se lanzaron sobre la ciudad arrasando, devorando todo en un santiamén. El país retumbó como tambor infinito, cuando el apocalíptico rebaño descendió sobre él, derrumbando con un golpe de uña, puentes, torres y ciudades. Ferozmente, los ratones husmeaban entre las ruinas, en busca de alimento, pulverizando bajo su tremenda mole a toda una civilización. Trataban de saciar su hambre planetaria y se complacían en la venganza, planeada durante milenios. Acabaron con el continente y se lanzaron sobre los océanos. Europa no tuvo tiempo de entender lo que acontecía y murió pensando en una guerra. Los científicos de lo que quedaba de mundo aprovecharon la ocasión para echar a andar la compleja e inútil maquinaria de sus avanzadísimos arsenales. África voló por los aires. Asia comprendió en el momento de desaparecer. Oceanía se hundió, para siempre, en una marea infernal.

Cuando, centurias más tarde, algunos descendientes de terrícolas desembarcaron en el planeta ancestral, las cicatrices de los cataclismos eran aún visibles, pero los océanos habían cavado nuevos lechos y las tierras desnudas empezaban a vestirse de tímidos líquenes, que brotaban a la sombra de inmensos huesos resplandecientes al sol.

La llave

El avión está suspendido en la niebla. No se mueve. De repente, milagrosamente, corre veloz por una pista surgida de la nada. Media hora de trámites y maletas y me encuentro aturdido en el *free-way* plagado de flechas. Se acercan fantasmales los rascacielos de San Francisco. Y pensar que uno de ellos es el Fairmont...

Pero esta vez no pasearé por el muelle sorbiendo el sofocante tufo de cangrejos que agonizan en peroles hirvientes; no me detendré a seguir el vuelo de las gaviotas chillonas que juguetean entre los pesqueros; no recorreré el Museo de la Marina para soñar con los mascarones de proa y los viejos periódicos que anuncian la partida de la goleta *Mahogan* un día de septiembre de mil ochocientos y tantos; no escalaré el laberinto de Ghirardelli en deliciosa búsqueda de una estatuilla de Kenia o de cerámica noruega; no cruzaré ningún domingo el Golden Gate para deambular en el húmedo sol de Sausalito; no pescaré al vuelo el tranvía; no treparé por la negra escalerilla de ningún restaurante chino. No, no voy a permitir que este puerto me seduzca de nuevo.

Este es un viaje de negocios. Desde que Claudia murió no he vuelto a San Francisco.

Pido un cuarto interior en la parte baja de la ciudad, ahí en donde no existe la magia. Sistemática y desesperadamente trato de olvidar la otra cara de San Francisco, la cara que ella amaba. Citas y más citas. Discusiones y lucha con Smith y Carson Asociados. Contratos. Soy un hombre más de corbata bien ajustada y portafolios negro corriendo por Market Street y mirando el reloj.

A fuerza de trabajo, de martinis en los bares cerrados del distrito mercantil, de mi resistencia a aspirar la brisa salina que se filtra insidiosa a través del tránsito, estoy logrando borrar los recuerdos del otro San Francisco. Se aplacan un poco el dolor y los remordimientos. Pero una noche encuentro la llave.

Se ha quedado adherida al fondo de un bolsillo y reaparece ahora, blanca y negra, acusadora. Room Number 1903 Fairmont Hotel and Tower, San Francisco. La miro largamente hasta que me estremece un profundo escalofrío: olvidé devolver esa llave.

Fue muy de mañana. Una de esas mañanas insolentes que se cuelan muy temprano a través de las cortinas para que todos despierten y las admiren. Claudia se movió junto a mí en la tersura de las sábanas floridas y perfumadas que tanto le gustaban. Su voz todavía espesa de sueño, sus dedos persiguiendo el hilo de luz que me bailaba en la nariz, su beso, dieron cuenta de mi modorra. Habíamos vuelto a. San Francisco para encontrar un poco de la felicidad que ahí nos había unido. Creíamos en la magia del puerto. Creíamos

70

que en él se borrarían nuestras dificultades, que ahí se lavarían los acres pleitos de los meses anteriores, que ahí volveríamos a ser los de antes.

Claudia corrió a levantar la persiana y el día bañó su cuerpo desnudo y todavía adormilado. Frente a la bahía, se desperezó con movimientos de pantera. Me quedé en la cama vagamente celoso de algunos ojos madrugadores que pudieran poseerla desde lejos. Algo dije que la hizo reír y tratarme de burgués. Después se oyó la sirena de un barco. Abrazados, vimos su estela rasgar lentamente la superficie plateada entre los puentes que brillaban como recién lavados. En el horizonte la costa se dibujaba ya con nitidez y a nuestras plantas la ciudad descendía blanca y complicada hasta los muelles.

Unos minutos después todo había terminado.

Las grandes tragedias son siempre imbéciles. Nos podemos preguntar al infinito por qué, por qué, por qué. Crueles travesuras de dioses resentidos. ¿Qué fue, Claudia? Una vez más, ¿por qué? Un impulso caprichoso de nervios enfermos, una reacción de infantil venganza frente a una frase torpe que revive la rabia de viejas rencillas, una locura incomprensible, una herida escaldada por un puñado de sal y esa mujer —la vida misma— salta al vacío con estrépito de cristales ante mi parálisis incrédula.

Es para creer que somos sonámbulos en equilibrio sobre una cornisa. Que basta la nimiedad de un virus, cualquier absurda contingencia, una impresión, una teja de jabón en la tina o la cáscara de un plátano en una acera, un auto que corre más de la cuenta, una frase como la mía y la cornisa-vida serpentea bajo nuestro paso hasta entonces seguro, arrogante, falaz. La muerte es un instante.

Sudo frío al revivir el horror de aquel día, de semanas y meses. Y comprendo que he sobres-timado mis fuerzas al volver a San Francisco.

Repiquetea el teléfono. Domino mi voz entre-cortada frente a la cortesía impersonal de Carson al otro lado del hilo. Perfectamente, O.K., very pleased sir. Y la pesadilla está por terminar o por empezar. Hay un trato que celebrar, futuros beneficios por los que brindar.

—¿Por qué no el Fairmont? Desde la cima, ¿sa-be?, se disfruta una vista asombrosa.

—¡Claro que sí, Mister Carson!

Voy a pie. Trepo penosamente por Mason Street y llego al lobby. Me gusta, me gusta la preten-siosa columnata de porfiro-estuco y la alfombra de flores oscuras. ¡Exquisito mal gusto inglés!

Arriba, San Francisco me hiere la vista, me gol-pea la retina como si fuese un ciego al que le aca-ban de quitar el vendaje y cuyos ojos tocan dolorosamente los objetos por primera vez. Mi mente se parte en pedazos blancos y azules que revolotean por todo mi cuerpo, pero puedo ser un correcto hombre de negocios frente al impecable Carson. Se me ocurre que él también puede estar parcelado, desgarrado y tratar de enseñarme una imagen congruente. Me miro actuar, me escucho responder con la profunda desesperación y la pobre satisfacción del infeliz civilizado que ha aprendido a controlarse, a camuflar su caos personal tras la cruel cortina de las buenas maneras.

Brindamos, charlamos. No sé cuánto dura. De repente me encuentro solo en el ascensor con una llave entre los dedos. Las puertas se deslizan y la campana suena en el piso 19. Después de todo tengo una llave y las llaves...

A través de la penumbra en que flota la habitación reconozco el decorado amarillo y blanco, el olor a desinfectante fino que no quiere ser notado, el desorden de unos viajeros. Dos bultos duermen en nuestra cama. Sin soplo, temblando de ansiedad y culpa como el ladrón que ellos creerían que soy, los observo clavado en el piso del tiempo.

Claudia se revuelve nerviosa a mi lado. Un rayo de luz está a punto de atravesar la persiana. No he despertado aún y me agito angustiado tratando de recordar la frase que no habré de pronunciar. No hay mucho tiempo. Se va a levantar, va a ofrecer su cuerpo a la mañana. Veremos enlazados la estela de un barco. Se acerca el instante en que la muerte rozará imperceptiblemente a Claudia. De mí depende, no debo pronunciar una frase.

El centauro

Se aferró a la tabla sintiendo que algo le estallaba dentro. El lápiz bien afilado rodó cuesta abajo. Había que resistir a la tentación de perder el sentido. Estaba solo. Maldita luz mercurial que le hería los ojos. Uno, dos. Inhalación, exhalación. Más lento, más profundo. Uno, dos, uno, dos. ¡Imbécil! Resbalar así clavándose el ángulo de la mesa en el estómago.

—Tenga cuidado —repetía el médico—. No le conviene pasar tantas horas en esa misma posición tensa y encorvada.

—¿Y cómo quiere que dibuje entonces?

—Relax —decía, con voz engolada de especialista—, relax o no respondemos de usted.

Ahora se había golpeado, probablemente muy cerca de la úlcera. ¡Relax! Rió y gruesas, duras lágrimas mojaron sus mejillas.

* * *

Berta miraba el reloj con ansias de que llegara el momento. Alrededor del mantel de cuadros, los niños sentían gestarse la rutinaria tormenta. Preparaban el silencio reprobador que noche a noche lanzaban contra el padre para encender en la madre un fulgor de violencia.

77

Temerosamente, la puerta giró. Pálido, el dibujante intentó sonreír pero los ojos de sus hijos le gritaron su fracaso contrapunteando la inmediata letanía de Berta. Hoy era el gas que se terminaba, zapatos nuevos para Elena, la inscripción de Pablito en la escuela de música —él sería un artista, no un esclavo—, los riñones adoloridos, las cuentas pendientes, la eterna humillación de vivir entre cuatro paredes manchadas, su egoísmo, su impotencia. Hoy y siempre.

Siguió rabiando mientras le servía la cena. El timbre de su voz le ponía los nervios de punta. Era chillón, rasposo. Voz de mujer pobre y cansada. Su desaliño, su olvido de toda gracia, no le molestaban tanto como ese tono crispante. ¡Adonde habían llegado! Y esa mujer no era vieja. Tampoco lo era él. Se tendían todavía en el mismo lecho sí, pero sólo para alejarse cuanto antes en el sueño que borra el asco del día y la responsabilidad del mañana. Hacía meses que no recordaban el amor. Palabra hueca frente a otras tan importantes como dinero, problemas, trabajo, más dinero.

La enfermedad le arrebató el último vestigio de ilusión. Desde que la úlcera anidó en su carne se sintió irremediablemente perdido. ¡Bien! Hay destinos contra los que es inútil luchar. No todos nacemos para ganar. La esperanza se gasta a mitad del camino y uno cae en pantanos. Se sigue luchando para sobrevivir, ya no para triunfar. Se vive un mal sueño de plomo. Había salido contusionado de su última intentona. Ya no existía la Berta de antes, ya no había manera de acercarse a esos hijos que amaba animalmente, sin conocerlos y sin que lo conocieran. Les ofrendaba la vida, el sacrificio de todas sus aspiraciones. ¿Qué es todo eso si el padre ya no sabe sonreír ni tiene tiempo para jugar? Demasiado tarde. Era un solitario incomprensivo e incomprensible.

El dolor agudo que le había herido en la oficina regresó. Esta vez se aferró a las sábanas e inhaló hondamente, sin ruido, escuchando en la cercana lejanía la respiración de la esposa dormida.

* * *

Una luz opalina fluía de los cristales rayados de lluvia. Melancolía de mañana húmeda, débil goce de las primeras horas en que todavía no se perfilaban el cansancio y el malestar.

Lo llamó su jefe.

—Mi buen González, tengo excelentes noticias. Por fin he conseguido el crédito para construir el hotel en Playa Bruja. Sí, sí, ¿recuerda?, en esa playa soberbia de la que le he hablado. Vamos González, no puede tener tan mala memoria. Pero González, si usted mismo me dio muchas ideas para el proyecto.

Era duda y rencor. No recordaba. No quería recordar. Para hoteles de lujo estaba él, para soñar con playas. ¿Qué no entendía el otro que había olvidado la existencia del mar, que él vivía encadenado a una mesa de dibujo de la que salían proyectos de jaulas impersonales que se llenarían de esclavos en su estilo?

Escuchó doblegado por el respeto pero masticando su rencor.

—González, será usted el encargado de pulir el viejo proyecto y de corregirlo si es necesario. Sé que tiene ideas —y el viejo sonreía como se sonríe cuando se triunfa. Le describió la playa, el emplazamiento del futuro hotel, los palmares que bordeaban la costa infinita—. Ya irá usted allá, pero mientras tanto use su imaginación que los banqueros están ansiosos de ver cuando menos un anteproyecto. Y...

La voz del jefe se hizo murmullo lejano. Se vio solo, de pie frente al Pacífico. En una playa brillante, ante un cielo de gaviotas, envuelto en música de olas. A sus espaldas la maleza se extendía chaparra, perfumada, susurrante. Se aflojó la corbata.

—¿Entendió lo que quiero, González? González, ¿le pasa algo? Está como papel, hombre. ¡Se le voltearon los ojos! ¿Quiere recostarse?

—No, no, sí entiendo, señor, desde luego. Se hará como usted dice.

—Tómese el tiempo necesario para estudiar las panorámicas. Compre los libros que necesite. El proyecto que hice hace años no está mal, pero hay que tomar en cuenta... Estoy seguro de que sabrá hacer las cosas.

Al salir del despacho miró su reloj en un gesto reflejo. Le parecía que había transcurrido mucho tiempo desde el momento en que cruzó ese umbral. Sólo dos horas, dos horas durante las cuales, como en muchas otras ocasiones, recibió instrucciones de trabajo. Se sintió mareado.

Como quien regresa de un viaje, buscó en las cosas familiares la evidencia del retorno. Topó con el espejo para reconocer sus treinta y ocho años de frustración, sus canas de cansancio. Por un momento se había sentido otro, no diferente, otro. Había estado en una playa.

Como de costumbre su lámpara brillaba solitaria en el amplio taller. Las horas extras eran su única salvación, se repetía noche a noche.

Cuando por fin levantó los ojos de la montaña de fotos y planos, no pensó en pesos ni en cansancio. Suspiró contento.

Había trabajado golosamente. Esas proporciones del ala poniente... Los jardines estaban mal trazados. Más mar, más selva. Pero... ¿si se cambiaba el diseño de la terraza principal? Funcionaría, seguro que funcionaría. El aire salino le sentaba, pensó con una sonrisa. Ese día pudo escapar a la jaqueca que le reservaba la digestión. Se olvidó de la tortura deslumbrante de la lámpara.

Al fin volvió a su casa, sin miedo, fortificado por su jornada de sol. Berta lo recibió extrañamente tranquila. Fue una velada corta y quieta, cayó en un sueño profundo.

La arena le escocía la espalda. Ríos de sudor le corrían por las sienes y por el pecho. Tenía la boca reseca. ¡Qué bruto! Mira que dormirse así en la playa tórrida. Se irguió de un salto y corrió a hundirse en el consuelo del agua. Sonrió al recordar lo que le decía Isabel abriendo ojos como platos. ¡Claro que era un sensual! Y se felicitaba de serlo. Ella no podía entender el total abandono al placer. Sólo los fuertes lo entienden y ella, pobrecita, todavía no aprendía a vivir de a de veras. No llegaba a la absoluta espontaneidad, a la entrega sin vigilancias. ¡Para él era tan sencillo! Se daba a ella como ahora al mar sin pensamiento, tendido cuan largo era, desnudo y oscuro, en las olas a punto de ser espuma, oscilante entre mar y cielo, ebrio de gozo, paladeando cada instante de su magnífica libertad. Por fin se zafó del abrazo del agua y se sacudió las gotas a manazos.

Desde la sombra, El Prieto lo saludó con un relincho; el caballo también había descansado y quería reanudar la marcha. Se vistió y hurgó dentro de la alforja. Le quedaba una manzana abollada y un trozo de jamón. Acompañó el último mordizco con un trago de ron caliente. Miró al sol. Tenía todavía un par de horas de luz, un poco menos de lo que tardaría en llegar a casa de Panfilo. Allá pasaría la noche y esta vez sí que lo iba a oír el capataz. Era el colmo haber dejado cundir nuevamente la plaga. Eso le olía a mala fe. Desde el principio estuvo en contra del plantío de caña. "Somos copreros, patrón", repetía el muy testarudo como si fuera vergüenza intentar el cultivo. Titubeó un instante. Por el atajo del palmar llegaría antes, pero se perdería el atardecer sobre el océano. Decidió continuar por la playa y torcer después en ángulo recto. Montó y enfiló a galope tendido hacia el sur ya envuelto en bruma.

* * *

82

Sus dedos ágiles corrían sobre la cartulina trazando con limpidez. Hizo una pausa. Le estaba sucediendo con demasiada frecuencia. Tenía que mirar a su alrededor para cerciorarse de que efectivamente se encontraba en la oficina o en la callfi o en casa. En cuanto podía se miraba al espejo. Algo trataba de recordar. "Tiene buen semblante, González. ¿Adonde se fue a asolear?", le decían.

Se encogió de hombros. Era inútil. El lápiz volvió a deslizarse incontenible, casi autónomo, hasta terminar el croquis. Suspiró aliviado y descansó un momento. Entonces dibujó en la lejanía la escala humana de un jinete.

La cabeza se le iba a rodar. La boca se le hizo agua. Uno, dos, inhalación, exhalación. Tambaleante, llegó al grifo y llenó de agua helada el cono de papel. Decididamente estaba mal. Lo extraño era que no sentía dolor alguno, sólo una especie de debilidad. Se sobrepuso. Dentro de unos minutos tendría que presentarse ante la junta con el croquis y el programa de necesidades. Preparó la acuarela. El pincel, libre como el lápiz, perfumó los jardines, puso sol en la playa, reflejo de mar en los cristales, calor en las terrazas, hasta detenerse en el punto final del hombre a caballo.

Sentía que se iba de nuevo, cuando lo llamaron. Entró en la sala como un autómata aunque seguro, con las ideas claras y precisas como gotas de agua.

No supo lo que dijo. Cuando terminó la explicación del proyecto la gente de la oficina lo miraba boquiabierta, desconociéndolo, mientras el jefe lo felicitaba entusiasmado. Había hablado con un aplomo que le venía de lejos, con un profundo conocimiento de esa región desconocida en donde se erigiría un paraíso.

Devolvió sin comprenderlo el apretón de manos. De repente volvió en sí. Se supo el dibujante flaco, tímido, enfermo. El marido dominado, el padre despreciado. Se dio cuenta de que su proyecto no correspondía en lo más mínimo a las instrucciones recibidas. Su audacia podía costarle la chamba y Berta... Oh, Berta.

Sin esperar más, se escurrió hasta la calle y salió a la lluvia. El asfalto batido por el aguacero se transformó en empedrado. Era tarde. Cuando llegó a casa resintió la fatiga de esos días de lucha. Ríos de lodo rojo corrían, el agua tambonleaba furiosamente sobre las tejas. Estaba cansado pero contento de haber ganado la partida. Esos imbéciles se debatieron como gatos boca arriba. Comprendía perfectamente su rebeldía. La copra era una pasión. Su trabajo una realización íntima. Necesitaban hendir los cocos a machetazos y arrancarles la pulpa con saña y cariño para sentirse bien. La palmera era su tótem y estaban orgullosos de vivir de ella y para ella. Los cultivos de tierra adentro representaban una tarea civilizada y por consiguiente traicionera, feminoide. "Somos copreros." No fue fácil convencerlos, pero al fin sus ojos se domesticaron. Ganarían más dinero con la diversificación de los cultivos.

La copra seguiría reinando pero, mientras las palmeras engendraban, ellos tendrían algo que hacer en lugar de vivir en las hamacas bebiendo y peleando a las hembras.

Al ver la pila de frutas de colores sobre la mesa encerada se olvidó del cansancio y pensó en Isabel. En su rostro serio, en la tersura de su cuerpo, en el aroma de su lecho. Se echó la manga encima y salió. El Prieto, cubierto y ya seco, resopló de gusto al lamer los terrones de azúcar en la mano del amo. El agua caía, caía, cuando Isabel soñolienta, esbelta a través del encaje blanco le abrió la puerta. La luz estaba encendida. Entró de puntillas, un poco mareado. No recordaba con exactitud cuántas horas había vagado como sonámbulo en la lluvia. Berta lo esperaba sentada en la cama con la cara brillante de *cold-cream y* los ojos de furia. No entendió lo que gritaba. Se durmió muy pronto arrullado por el eco de insultos sin fin, con las manos enlazadas sobre su vientre adolorido.

Le sorprendió que Berta no insistiera. Por lo general, los domingos lo arrastraba a lo que ella llamaba su día libre. Desde muy temprano preparaba a los chicos, no sin lamentarse del mal estado de la ropa de los cuatro, sobre todo de la de los dos menores que heredaban ya "verdaderos harapos", de que el dinero no alcanzara para comer a gusto en un restaurante en lugar de engullir bocadillos en plena calle, de que... El día transcurría pesado en las vicisitudes de los paseantes domingueros sin recursos. Ahora se había ido sin imposiciones ni quejas.

Agradecido por ese domingo que le regalaban, tomó inútilmente un libro. "Usted no coopera, González, el tratamiento es el indicado, pero me he cansado de repetirle que su enfermedad no desaparecerá si no cambia de vida." En realidad el médico no lo había condenado, pero él sabía con claridad meridiana que el fin estaba próximo. Las sales de aluminio, todos esos menjurjes, la dieta láctea, el relax son armas de enanos contra un destino que se cumple. No tenía miedo, sólo deseaba tener el tiempo suficiente para terminar el proyecto, su único proyecto de verdadera importancia. No, no tenía miedo. Comprendió que el temor se arropa en mil y un excusas, en irrebatibles razones, mientras que el valor, o sencillamente la ausencia de temor, no tiene explicación. Y Berta tendría por fin algún dinero. De algo serviría el seguro que los devoraba desde hacía años.

Sonrió tranquilo y trató de concentrarse en la lectura. Estaba disfrutando de ese domingo solitario cuando la habitación empezó a poblarse de rostros morenos. Las guitarras perdían su alegría para hacerse nostálgicas. La tarde de trópico y el ron siempre tenían los mismos efectos: los ponían melancólicos; arrancaban de las gargantas gemidos sensuales de vieja tristeza hasta que, sin razón aparente, empezaban los pleitos. Así era siempre y todos lo sabían. Después de dos o tres canciones quejumbrosas, la gente pacífica emprendía la retirada. Algunos embarcaban en sus canoas picudas para regresar a sus chozas río adentro. Los del pueblo atrancaban sus puertas. Las madres se llevaban a empellones a sus hijas excitadas por las miradas que encendían en los hombres. Tomó a Isabel por el brazo y le musitó algo al oído. Al retirarse entre las mesas largas, tuvieron que detenerse varias veces y aceptar brindis solemnes y pintorescos. Le agradaba sentirse querido por esa gente, su gente.

El Prieto los esperaba resoplando de impaciencia. La levantó como una pluma; su falda de flores se hinchó de viento descubriendo sus muslos. Ella pasó sus brazos alrededor de la cintura del hombre apoyando la cabeza sobre la espalda. El caballo caracoleó nervioso en la arena y le costó trabajo controlarlo. Al Prieto no le gustaba Isabel porque a Isabel no le gustaba el galope. Para molestarla, se lanzó a trote pesado sin atender a la rienda. Por fin se calmó. Arriba ellos reían a carcajadas entendiendo las reacciones del animal. Recorrieron un largo trecho de playa en silencio, escuchando el mar, con la mente perdida el uno en el otro.

Cuando llegaron a la casa caía la noche. Las palmeras que enmarcaban la terraza se sacudían inquietas. La abrazó.

—Isabel, ahora que estamos casados, quiero decirte algo muy raro. Te he hablado de mi hermano gemelo ¿verdá? De ese que vive en México. Nos peleamos poco antes de que yo me viniera a la costa. Hace años que no nos vemos y lo último que supe de él es que le va muy mal, pero ahora... no sé, lo siento muy cerca. Se te hará muy extraño, pero últimamente hasta me ha parecido como que estamos muy juntos, como que somos el mismo. ¿Sabes? Yo siempre fui más fuerte que él y...

La puerta se venía abajo. Sobresaltado, corrió a abrir. Berta entró cual tromba. Había olvidado las llaves, estaba cansada, harta de todo, convencida de que había llegado el momento de tomar una decisión ra-di-cal.

El vómito lo dejó exánime. Se recuperó poco a poco apoyándose contra el mosaico helado. Titubeante salió de los sanitarios guiado por la luz de su lámpara solitaria. Ahora se daba cuenta del esfuerzo realizado durante esas semanas. Pero había llegado a la meta. Sobre su mesa resplandecía impecable un proyecto completo. Soberbio, se dijo sin modestia. El despacho era un desierto negro. Le hubiese gustado hablar con el viejo, pero ya no había nadie en aquella cárcel. Con infinito desencanto llegó a una casa dormida. Silencio, sólo silencio. Sus dedos temblorosos rozaron las mejillas de sus hijos.

El aullar de la ambulancia le desgarraba los tímpanos y apretaba los párpados para no contar los fogonazos de los faroles por la ventanilla. De repente hubo más luz. Siluetas susurrantes lo llevaron hacia adelante por un pasillo largo.

Alguien taconeaba detrás. Se detuvieron y abrió los ojos. La cara crispada de Berta se acercó a mirarlo. Movió los labios resecos. Las siluetas giraban. Del murmullo surgieron unas palabras:

—...remedio, no tiene remedio.

Un aro helado le ciñó la frente. Pero alcanzó a oír que Berta chillaba:

—¡Se murió, se murió!

El Prieto se encabritó tumbándolo sin sentido en la arena húmeda. Cuando volvió en sí, el cielo palidecía y los pájaros despertaban. Le quemaban los ojos y quería recordar algo. Miró a su alrededor. ¿Qué rayos hacía en Punta Bruja a esas horas? Silbó al caballo. El Prieto contestó con un relincho miedoso sin acudir al llamado. Cayó nuevamente de bruces y se sumió en un sueño profundo.

Lo despertó el vaho tibio del animal que le resoplaba en el cuello. El mar brillaba encrespado. Se incorporó y respiró ávidamente la brisa fresca, inhalación, exhalación. El sitio era inmejorable. ¡Sí que sería un hotel espléndido! ¿Eh, Prieto? Había que apresurarse. Isabel se inquietaría al despertar sola. Montó y se lanzaron ambos, crines y cabellos al viento, a galope tendido en las últimas brumas del amanecer.

Pastelería vienesa

Las cortinas empezaban a gastarse. En algunos lugares, le faltaban dientes al flequillo que remataba las evocadoras ondas. La gasa, seguramente diáfana en otro tiempo, se veía ya un poco gris. Las sillitas Luis XV, que rodeaban a una veintena de mesas de té cubiertas con manteles en tonos pastel, mostraban las consecuencias del ajetreo constante. Sin embargo, el salón era muy acogedor. El aroma del café se mezclaba al perfume de los ramilletes de flores silvestres, dispuestos con gracia en cada mesa. A través de los grandes ventanales, se disfrutaba de un panorama realmente encantador. El sol poniente doraba las cimas de los fresnos, que crecían desde el barranco. A lo lejos, casi velados por la pantalla de hojas danzarinas, se adivinaban varios planos de montañas en diferentes azules. Nadie podría creer, frente a tan bucólico espectáculo, que a escasos cincuenta metros se entrecruzaran ruidosamente las principales avenidas de un suburbio de la ciudad de México.

A las seis de la tarde en punto, aparecía en el salón un hombrecillo flaco, dentro de un traje demasiado amplio para sus frágiles huesos. Las notas que le oímos arrancar a su violín persisten aún en nuestros oídos. Pero todos esos atractivos eran muy poco, comparados con el increíble deleite que uno sentía al saborear el primer bocado de alguno de los pastelillos especialidad de la casa.

Juro que nadie probó jamás algo igual. Los había de varias formas, colores y sabores. Durante las primeras visitas, los parroquianos sólo tenían derecho a una delgada rebanada, de una pasta rellena con algo que recordaba al almizcle, recubierta de azúcar cristalizada. Más adelante y siguiendo evidentemente un programa preestablecido, se nos servían cuernitos de un hojaldre finísimo, que albergaba la más deliciosa palanqueta de nuez que pueda imaginarse. Se sucedían en orden ascendente de delicias: las tartaletas de perfumadas mermeladas, las canastillas de avellanas tiernas, los merengues rellenos de paradisiaca crema, los rollitos de violetas, las empanadas de almendras dulces y las inconcebibles vanidades de chocolate.

Sentada tras una hermosa mesa de palo de rosa, madame Strachner dirigía con la mirada —una mirada dura y azul como el zafiro— el perfecto servicio del establecimiento. Cuatro camareros, iguales a cuatro gotas de agua, corteses y erguidos en sus chaquetas carmesí, bastaban para atender con diligencia a la muy especial clientela del salón. Ahora, ya que todo está lejos, vuelven a mi mente ciertos detalles que, de haber estado en condiciones de captarlos, me hubiesen puesto sobre aviso.

Fuimos cincuenta y seis —según se nos comunicó posteriormente— las personas que recibimos, en los primeros días de aquel inolvidable abril, la refinada tarjeta de madame Traudel Strachner, con la siguiente invitación: "Con fines esencialmente humanistas, para facilitar y fomentar la comunicación entre personas dotadas, se ha formado en esta ciudad un nuevo grupo "Élite". Sus patrocinadores tienen el alto honor de invitar a usted a sus sesiones, que se llevarán a cabo los días martes y viernes, a las cinco de la tarde, en la casa 345 de la Avenida Fontana. Se servirá pastelería vienesa y café, sin cargo alguno. Se suplica puntualidad *y* discreción absolutas".

Durante casi dos años acudí, con la totalidad de mis compañeros en esa extraordinaria aventura, a la cita. En cuanto se llegaba al suntuoso portón de la casa 345, un portero se hacía cargo de los automóviles, mientras un mayordomo, tieso como un paraguas e impecablemente ataviado a la europea, conducía al recién llegado hasta la puerta del pabellón, a través de un sombrío jardín. Madame, mejor dicho la sonrisa de madame, nos recibía en el umbral. Siempre tuve la impresión de que hacía un verdadero esfuerzo al sonreír; que a su rostro perfecto, enmarcado por cortos cabellos plateados, le sentaba mejor la expresión que asumía cuando ya todos nos encontrábamos debidamente instalados en nuestras mesitas, frente a humeantes tazas de café y un par —rara vez se nos servían más— de esos pastelillos de otro mundo.

¡Esa expresión! No sé si podré definirla con

exactitud, pero era la antítesis de lo que puede significar una sonrisa. Cuando la recuerdo, me vienen a la mente palabras como concentración, vigilancia, tensión, superioridad. No lo sé. Al principio traté tímidamente de estudiarla, pero en cuanto ella sentía mi mirada, se ponía a sonreír como... como quien se pone un antifaz.

Los elegidos, las "personas dotadas" del nuevo grupo "Élite" desarrollamos inmediatamente, tal y como se nos había solicitado, un gran sentido de la puntualidad, a la par que llevamos, sin ponernos a pensar por qué, la discreción hasta un verdadero hermetismo.

Las órdenes —ahora sé que no eran otra cosa— que con fría amabilidad nos dio el primer día aquel hombre sin edad, en calidad de bienvenida, se nos quedaron indeleblemente grabadas. Nunca volvimos a verlo. Así como nunca hubo uno solo de nosotros que faltase a la cita, los martes y viernes. Nunca sentimos la necesidad de comunicar a nuestros parientes o amigos en qué empleábamos aquellas dos tardes a la semana. Nunca tuvimos la menor curiosidad por tratar a nuestros comensales fuera del pabellón. Es más, si alguna vez el azar nos reunía fuera de ahí, huíamos los unos de los otros, sin darnos cuenta, presas de un impulso irrefrenable. Ninguno sintió jamás la tentación de acudir al salón, en horas o días imprevistos.

Las conversaciones que se suscitaban alrededor de las mesitas —a las que nos guiaba madame Strachner, indicándonos cada vez un lugar diferente— eran apasionantes. Parecía como si al entrar al salón, al mismo tiempo que colgábamos nuestros abrigos en el guardarropa, nos desembarazáramos de los prejuicios, convencionalismos, suspicacias y timideces que entorpecen, bien que mal, cualquier comunicación en un ambiente normal. Nos encontrábamos hablando ante extraños, como si nos habláramos a nosotros mismos, sin vanidad, pudor o prudencia. Manantiales inagotables de ideas, de sensaciones, de emociones, eso éramos. Ávidos de escuchar, ansiosos de expresarnos. A medida que se deslizaba la tarde, se agudizaban los ingenios, centelleban como fuegos de artificio los más increíbles pensamientos, las teorías más alucinantes. Qué de cosas extraordinarias aprendimos, descubrimos, creamos, mientras saboreábamos aquellos delicados pasteles, mientras nuestros oídos se deleitaban con el canto del violín, mientras nuestros ojos se llenaban de imágenes azules y doradas; mientras todo nuestro ser se fundía en otros, en aquel suave, anticuado ambiente del pabellón.

Nunca sabremos a qué velocidad y a qué profundidad trabajaron nuestros cerebros, a qué intensidad vibraron las cuerdas más sensibles, quizá vírgenes, de nuestros nervios durante aquellos meses. Mi memoria revive poco a poco lo que debe ser una mínima parte de lo que ahí escuché y dije, de lo que sentí. Mis ojos se agrandan de admiración y nostalgia. Nostalgia, sí, pues no lamento haber pertenecido a esa especie de sociedad secreta, aun cuando —según ellos dicen— mi mente haya quedado semivacía, aun cuando mis facultades estén irremediablemente gastadas. Volvería a pagar este precio por vislumbrar, una vez más, los horizontes que adiviné en aquellas tardes mágicas. No todos son de mi opinión.

Mi vecino de cuarto, por ejemplo, no hace sino lamentarse de no haber seguido aquella intuición que lo inquietó en un principio. Hace ya casi seis meses que nos encontramos en esta casa de reposo, seis meses de tratamiento y aún sueña, noche a noche, la misma pesadilla que lo atormentaba en los tiempos del pabellón. Su subconsciente trató en vano de alertarlo.

Ningún otro ha podido recordar la menor señal de alarma, es más, un solo relámpago de sospecha. Él, en cambio, asegura que siempre supo lo que sucedía. En todo caso, a él se debieron los dos únicos incidentes que perturbaron las sesiones de la calle Fontana. Recuerdo que se retrasó media hora. Los tres compañeros de mesa, que le habíamos tocado en suerte en esa ocasión, mirábamos azorados y extrañamente inquietos la silla vacía. Madame, a su vez, no podía ocultar que el mal humor se apoderaba de ella, a medida que se iban los minutos; una y otra vez, su mirada recaía sobre nuestro incompleto grupo. Por fin llegó. Los camareros se apresuraron a atenderlo, pero él, incomprensiblemente, tardó un buen rato en decidirse a probar el imponderable merengue, con el que se nos obsequiaba aquella tarde. En silencio observaba nuestra mesa, las vecinas, el lugar entero como si todo le fuese desconocido. Con voz apenas audible dijo de repente: "Siempre pensé que se trataba de algo así. Lo sabía, lo sabía". Y subiendo la voz, de pie: "Escuchen todos..." En ese momento, madame Strachner se encontró, como por encanto, a nuestro lado. Con la sonrisa congelada y la mirada muy fija en él, nos ofreció amablemente una nueva variedad de tartaleta. Una etérea gelatina de grosella recubría una canastilla de pasta porosa y ligera, rellena de frutillas frescas, escarlatas, cuyo sabor escapaba a cualquier descripción.

El tiempo pasó. Me veo a mí misma en aquella temporada, paseando por los parques sola, mirando embelesada el agua quebradiza de los estanques, siguiendo con gran concentración el vuelo de las alondras, o bien, encerrada a piedra y lodo en mi habitación, leyendo con sordo interés todo lo que me caía entre manos. A veces la fatiga, una fatiga incomprensible, me sumergía en un sueño larguísimo, de una profundidad nunca antes alcanzada. Las burlas y las reprimendas, de las que me hacía objeto una especie de constante distracción, no hicieron mella en mí, aunque me proporcionaron un buen pretexto para aislarme. En realidad, vivía esperando —cada vez con mayor ansiedad— que llegara el martes o que fuera el viernes.

Una tarde especialmente cálida —recuerdo que me sorprendió el generoso escote de madame Strachner— hubo gran agitación en el pabellón. De pie sobre su silla, con los cabellos revueltos y los puños apretados, mi vecino de hoy trataba nuevamente de encontrar un auditorio para algo importante que quería decir, sin lograrlo. Frases incoherentes brotaban de su garganta cerrada, como si su voz no pudiera obedecer al pensamiento. Sus ojos se agrandaban de angustia, cuando el violín del olvidado hombrecillo empezó a gemir como nunca. La melodía se esparció sofocando los gritos. Como un vapor pegajoso, embriagador, penetró en nuestros poros. Lentamente volvimos a nuestros asientos apresados por la magia.

Ninguno de nosotros fue capaz de recordar el incidente, hasta el día en que llegaron los tres inspectores. Sucedió —debe haber sucedido— un par de semanas después. Unos hombres, extraños al grupo, irrumpieron en el salón.

—¡Policía! ¡Tenemos orden de catear la casa!

Antes de que la indignada Traudel tuviese tiempo de llamar a su personal, los agentes forzaron una de las puertas laterales.

—¡Esto es increíble! ¿Qué es? ¿Computadoras? ¡Qué demonios de aparatos!

Regresó uno de ellos. De un fuerte tirón al mantel, desnudó una mesa. Bajo la cubierta de cristal, las mil ruedecillas de una extraña máquina giraban vertiginosa y silenciosamente. Los camareros trataban de cerrar las puertas, pero como estampida, salvajes, asustados, nuestro instinto de conservación nos empujó hasta la calle.

Al día siguiente, la prensa se apoderó del asunto: "La policía metropolitana se anota un éxito: Nido de drogadictos en barrio elegante". "La misteriosa pastelería explota". "Ovnis en

Tecamachalco". "Drogas desconocidas en pasteles. Los adictos en avanzado estado de debilidad mental". "Vampiros de otros mundos". "La policía intrigada: ¿Les robaron la mente?" "Algo similar en Belgrado y Londres". "En Buenos Aires, aseguran que en un salón de té de la ciudad..."

Katia

No es posible: no la vi. Y sin embargo... No. Hace mucho que no la veo. Creí ver a Katia en una ventana. No, Katia no existe, pero su imagen está anclada en cada uno de mis pensamientos, en el fondo de todos mis actos. Sigo arrastrándola por la vida como el prisionero a sus cadenas. Odio esa presencia impalpable, implacable, que ha interpuesto su encanto entre el mundo y yo. Tamiz de cabellos de seda claro, reflejo acuoso de unos ojos. Soy un hombre adulto. ¡Caramba!, no un niño. Si eres algo, Katia, eres el pasado, un sueño de infancia, una imaginaria compañera de juego. Pero ahí estabas el día en que mis manos frías y sudorosas recorrieron por primera vez el cuerpo de una mujer de carne dura y risa descarada. ¿Y cuántas veces más? ¡Siempre! Interponiéndote entre las otras y yo. Te veo, te siento, cuando creo que ya has desaparecido, que soy libre. Katia, ¿eres indestructible? Sí. La llevo encerrada en una coraza de ternura —¿cómo explicar?—, de una coloración, de una vibración que ningún ser humano puede despertar en mí. Y ahora, en este país suyo... ¡Basta, basta! Katia es mi imaginación, pero recuerdo, con qué claridad recuerdo los momentos que...

Es casi de noche en la huerta. El musgo se opaca y las luciérnagas se encienden. A lo lejos la voz de mi madre me busca, pero tú y yo seguimos agitados correteando entre los árboles. No quiero que se acorte este momento. Tenemos que jugar más aunque casi ya no te pueda ver. Katia, Katia, ¿en dónde estás? Por favor, no te escondas, Katia. Se me hace nudo la garganta. ¡No te importó irte! Y tengo cinco años. Katia, si me oyes dime: ¿vendrás a jugar conmigo otra vez?

* * *

Katia debe haber estado alguna vez en este parque. Seguramente ha cruzado este puente.

* * *

Rodamos los dos abriendo y cerrando los ojos, la risa ahogada por la nieve, hasta que un tronco detiene nuestra caída. Ella se pone primero de pie y me habla con violencia y sarcasmo de mujer. Ella sabe controlar el trineo a la perfección. Cualquiera lo puede decir en el pueblo. Mejor que muchos muchachos mayores y de las chicas, ni hablar. Claro que llevando a cuestas a un torpe como yo, es imposible no volcar.

—Pero, Katia, sabes que nunca he estado en la nieve.

—¡Tuviste miedo, tuviste miedo!

—No es cierto y para que lo sepas soy más fuerte que tú.

—¿Sí?

Y la persigo, la sujeto hasta que sus dientecillos hacen brotar sangre de mi mano.

—Perdóname, perdóname —grita espantada—. No te quise lastimar. Ya verás, te enseñaré a conducir el trineo, te lo prometo. Y le ganarás a todos.

Subimos la ladera jadeantes y rojos, amigos. Bajo un cielo abierto.

* * *

Sí, soy un hombre adulto. Sin corazón, dicen las mujeres.

* * *

—Por Dios, Katia, no es tan difícil.

—Ya me lo has repetido, pero soy yo la que me parto las rodillas.

—Prueba otra vez. No mires las ruedas y manten firme la dirección.

—No, no, ya me cansé; voy a aprender sola y después andaremos juntos. Se hace tarde.

—Sí, se hace tarde, Katia, y mi madre me llama.

—Pero ¿por qué llegas tan tarde, Enrique? ¿En dónde has estado?

—Con Katia. Quería enseñarle a montar en bicicleta.

—Katia otra vez. Deja de decir tonterías. Qué Katia ni qué Katia. No debes estar solo tanto tiempo, búscate amigos. ¡Qué imaginación de chiquillo!

* * *

¿Paseará Katia por estas calles?

* * *

Días, semanas de espera. No aparece. Siento que hay algo malo. Me regañan en la escuela. No quiero comer. Repito los juegos que a ella le gustan. De noche me duermo tarde llorando. Mejor hubiera sido no conocerla nunca. No puedo hablar de ella. Todos se ríen de mí. Sólo mi amigo Rogelio sabe lo que me pasa.

—Te creo, Enrique, sí te creo —me dice, pero baja los ojos.

* * *

Copenhague es la última etapa del viaje. Ojalá y no hubiera venido. "La calzada de los peatones" le llaman a este callejón pintoresco en el que un turista cansado, obsesionado por una mujer que no existe, puede admirar a chicas de piernas largas entre sorbo y sorbo de cerveza. No la vi. ¿Cómo pude haberla visto? Hay muchas muchachas rubias.

* * *

—No me canso de mirar este tapiz, Katia. Nunca he visto otro igual. ¿De veras le ayudaste a tu madre a bordarlo?

—Ya te dije que sí, ¿qué tiene de especial?

—Es que... mira, las figuras se mueven *a* la luz de la vela.

—¡Te asombras tú de cada cosa!, que el tapiz, que la vela...

—Tú también te sorprendes de mis cosas, Katia.

—Bueno, ¿quieres que te siga contando la historia de los vikingos, o no?

—Sí, sí, no te enojes.

¡Qué pálida está sobre el almohadón de colores! Ha estado enferma. Ha estado encerrada en su habitación, fiebrosa, delirante, hablando incoherencias, llamando a un amigo que nadie conoce. Pero ya estoy aquí, Katia. Quiere contarme la historia de sus vikingos y saber qué he hecho y si allá hace calor y si brilla el sol como siempre y qué nuevos amigos tengo y cómo va el fútbol y qué libro he leído y si reprobé otra vez la prueba de geometría...

* * *

Los peatones caminan por su calzada como es su deber. Ahora el viento está quieto pero los recuerdos no. ¡Ay, Katia!

—Esto ya no es normal, a los trece años no es normal. Enrique —me sermonea mi madre—, debes olvidar a Katia de una vez y para siempre. Eres un chico inteligente y debes ya saber lo que es realidad y lo que es imaginación. Cuando eras niño pasaba, pero ahora eres un hombrecito. ¡Vamos!

—Pero mamá, te juro que Katia existe, te juro.

—¿Otra vez? Te prohibo que vuelvas a mencionar ese nombre, te prohibo que pienses en ella, te prohibo, te prohibo...

—Ves, Katia. Ellos no entienden. Antes sólo sonreían y se miraban entre sí, pero ahora se enfadan.

* * *

¿Fue sólo un sueño? De cualquier manera es una hermosa historia que muy pronto va a terminar. Debe terminar, quiero que termine. En el avión mañana te diré adiós, definitivamente adiós. No puedo seguir siendo un loco, pasando por loco, enloqueciendo.

* * *

—Te repito que me han prohibido pensar en ti. ¿No comprendes que tengo trece años? Me han prohibido.

—¡Qué poco hombre eres! ¿O es que ya no te importo? Yo sí quiero verte y seguir siendo amigos y... y que me quieras.

Me arden las orejas y no la puedo mirar de frente. La brisa revolotea a nuestro alrededor y la arena mojada es un espejo de colores. Las delgadas piernas de Katía brillan. De reojo miro el despunte de sus senos de niña y siento como rabia y vergüenza y necesidad de sentirme fuerte. Corro, corro y me tumbo y me ruedo en la espuma tibia hasta que ella me alcanza y ríe como loca. Sus manos me aprietan la cara y su boca me ahoga. Todo se detiene. El mar de hace un momento, mi mar se ha vuelto grisáceo. Todos los rojos, los naranjas y el verde aceitoso de las palmeras, se han ido. Dos niños caminan de la mano bajo un sol frío en una playa de guijarros pálidos.

—Katia, dame otro beso.

* * *

¿Cuál de todas las playas que he recorrido es aquella de mis trece años?

* * *

Hay algo que la preocupa. No me deja jugar con su pelo. No quiere que bese su cuello.

—¿Por qué, Katia?

—Ellos tienen razón, Enrique. Ya no somos niños. La vida hay que vivirla y los sueños se acaban. Ya no podemos seguir imaginando. Es cansado, tonto.

—Pero Katia, no hace mucho nos juramos que...

111

—Eran cosas de niños te digo.

—No, no. Tú y yo sabemos que no.

—Lo siento, Enrique, sea esto lo que sea ya no quiero seguir.

Mentías Katia. Nos seguimos viendo dolorosa, difícilmente. Cuando estaba a tu lado, me dabas la espalda y tratabas de actuar como si nada ocurriese; pero sé que me veías, que me sentías. Yo en cambio fui más noble. Nunca te ignoré ni aun frente a otra mujer. Nos seguimos viendo, sí, sólo entreviendo. ¿Cuándo fue la última vez? ¿Cuánto tiempo hace? Creo que fue un día de otoño pues las hojas secas crujían bajo tus pisadas cuando caminabas del brazo de un hombre, cuando yo te miraba desde la sombra mudo, implorante, celoso. Tu voluntad triunfó, Katia, y no sé para qué he venido a buscarte.

* * *

Hace frío en este callejón. La niebla está bajando y ya encienden las luces. Tengo ganas de regresar. Sí, ahora sí. Ya todo esto me es extraño, indiferente. ¿Katia? ¡Qué imaginación de chiquillo! Sí, mamá tenía razón. ¡Qué imaginación! Pero... pero si aquí está ella, pasa frente a mi mesa, se detiene, me mira, la miro. Aúllo. Abrazo, beso a una desconocida.

—Tu pelo, Katia, qué bien huele. Katia, por fin. Y tu boca y tus ojos...

Se desprende de mis brazos para explicar a su acompañante lo inexplicable.

—Ulrich, éste es él. No me puedo equivocar. Y tú también lo ves, ¿verdad que lo ves?

—Katia, ¿te has vuelto loca? Suelte a mi novia, suéltela, le digo.

—Ulrich, ¿no entiendes? Es él, Enrique. Me ha encontrado, nos hemos encontrado por fin.

—Katia, él no existe, no ha existido jamás. Ya estabas curada, ¡por Dios!, ya habías comprendido. El amigo que imaginaste de niña no es éste, no puede ser, no puede ser, Katia, ven. Esto no es cierto. Ven, te digo que vengas. ¡Déjela, déjela!

—Adiós, Ulrich. Me voy con él. Siempre supe que él existía. Adiós, no hubiera querido hacerte daño.

El jardín de los gatos

Los gatos son malos bichos. Quiero relatar aquí la historia de nuestra guerra.

Supe desde siempre que los gatos y yo éramos incompatibles y que tarde o temprano nos convertiríamos en contrincantes de una guerra sin cuartel. Debo decir, para tranquilidad de la mayoría, que no son muchos los infortunados seres a quienes los gatos señalan como sus enemigos. Desconozco los móviles de su selección. Con la generalidad de los humanos, los gatos aparentan por conveniencia ser simples animales más o menos domésticos, pero con los otros, con los que odian, no se molestan en ocultar su verdadera y maligna naturaleza.

En alguna ocasión revelé a un psicólogo mi pavor a la amenaza gatuna. Curioseando en mi infancia, creyó descubrir la razón de tan paranoico sentimiento: una lectura de Maetterlinck. La siniestra madrastra-gata-bruja de su *Pájaro azul*. Pues no. No es esa explicación convincente. Maetterlinck fue un iniciado y no es casual su dualidad gata-bruja. El, como yo, sabía que, envueltos en sedosos pelos, mirando tras cristalinos ojos, corretean por ahí pedacitos de Lucifer.

Intuitivamente, de niña me cuidaba de los gatos. Evitaba mirarlos de frente y no permitía que sus melosas colas me rozaran las piernas. Quizá me haya dejado enternecer por algún pequeñuelo jugando con una bola de estambre, pero siempre rehusé tocar a un gato. Sabía que el contacto podía soltar el mecanismo y yo era demasiado joven para defenderme.

Desde la sombra me veían crecer. Esperaban un momento propicio para romper hostilidades. Durante mucho tiempo, gracias a mi férrea voluntad infantil y a la natural protección de que goza la inocencia, tuvieron que conformarse con simples escaramuzas. Me saltaban encima desde cualquier barda, me asustaban en corredores oscuros, siempre con las garras de fuera y los ojos relampagueantes de odio. Sobreviví a aquellas primeras etapas de la guerra con muchos arañazos, profusión de sustos y pesadillas, dejando bien asentada una reputación de niña extraña, propensa a la histeria.

Pero son pacientes y saben pescar una oportunidad con la misma agilidad con que atrapan lagartijas. Una noche atacaron a fondo con malévola inteligencia. Fue la noche del día, del inquietante día en que mis compañeras de clase me revelaron el misterio del sexo en un sombrío rincón del patio de la escuela. Bañado en las más escabrosas tinieblas, me contaron lo que era el acto de amor. Cuando regresé a casa, impresionada, asustada, un gato me esperaba, irónico, en la puerta. Escabullí su mirada, pero el demonio maulló largamente riendo de mi desazón. Esa noche, cuando helada en mis sábanas inocentes, imaginaba con terror lo que era el acto de amor, cuatro lucecitas se encendieron al pie de mi cama y una pareja escenificó con maullidos grotescos un abyecto placer gatuno, doloroso, salvaje. Inútil es decir que quedé molestamente sensibilizada.

Hasta aquí, se podría creer que Freud explica mi caso. No hay tal.

Pasó el tiempo, tiempo lentísimo de la infancia y de la adolescencia. Por suerte, cuando mi vigilancia aflojaba y cuando los argumentos de la lógica me adormecían, algún incidente me volvía a poner en guardia contra la invisible realidad. Un gato despedazando feroz a un ratón, lastimando a un niño, un gato engullendo a una mariposa de bellos colores, el prolongado y horrible maullido de placer, ojos malignos robando la luz de los faros de un coche, ojos crueles mirando en la oscuridad, un gato erizando su pelambre al sentirme cerca. Siendo ya más fuerte, pude evitar las agresiones físicas aunque no las mentales.

Que quede bien claro que no hubo sadismo por mi parte, no por virtud, lo confieso, sino por miedo a las represalias. Pero pasó el tiempo, digo, y conocí el amor que ellos me habían hecho temer y tuve hijos y un jardín hermoso, demasiado hermoso pues fue la causa de mi perdición.

Aquel césped espeso salpicado de espejos de agua, la música de los álamos plateados, los gruesos troncos de los colorines de hojas carnosas y corolas de agujas rojas, los duraznos en flor, los laberintos de hiedra oscura, atrajeron a los gatos del vecindario condenados a echarse en una grasicnta cochera o a patinar en el granito de un edificio nuevo.

Empecé con terror a verlos merodear por casa y una mañana los pesqué in fraganti. Las plantas relucían, el sol acariciaba y mis jóvenes hijos jugaban en el pasto. Sí, los pesqué ¡infames!, tratando de conquistar a los niños ignorantes: las uñas muy dentro, los ojos entornados, la cola remetida, el ronroneo amable. No se necesitaba ser un gato muy listo para comprender cuál era mi talón de Aquiles.

En un principio, cuando me di cuenta de lo que fraguaban, actué con torpeza, totalitariamente. Fue un error, pero ¿había disyuntiva? Prohibidos los gatos en esta casa. Los niños no podrán jugar con ellos. Pero como los felinos persistieron en sus provocaciones y violaciones de morada, como los niños no hicieron caso de las órdenes, levanté a nuestro alrededor una muralla de agua e hice huir al enemigo ante una ola verde.

Fue un respiro breve. Desaparecieron durante unos días, contraatacaron, volvieron aparentemente inmunes al agua. Sin maullidos hipócritas, sin lamentos de falso cariño, seguros únicamente de su encanto plástico, empezaron a desfilar: una pantera paseando ritual sobre una barda selvática, una bola de gracia en rápida pirueta sobre la hierba tierna, una danza cazadora, un ballet elegante, rítmicas carreras y ojos de jade, ojos de miel, ojos de arco iris siempre presentes tras los cristales.

Mis aliados naturales se pasaron al enemigo,

dejándome sola con mi guerra y burlándose de ella. No pude hacer nada. Mis argumentos sonaban dementes frente al despliegue de encantos de los satancitos. Los gatos hacían peligrosamente felices a los niños. No pude hacer nada. Fueron aquellos, días de furia inútil, de pavor y de impotencia. Las noches se llenaron de maullidos y los días de gracias felinas.

Ya no venían de visita. Se habían mudado al jardín. Ahí vivían, ahí dormían. Una tarde en que estaba sola, me hablaron. O me hacía buen cargo de su alimentación o nos destrozarían. Esa noche festejaron en masa su triunfo, llamaron a otros. En terrible aquelarre, brincaron, saltaron y rieron adquiriendo por momentos formas monstruosas.

Estábamos al servicio y en poder de los gatos. Ya nadie se burlaba de mi guerra. Aterrados, por fin unidos, decidimos parar en seco un día la invasión de los gatos. Nuestra primera contraofensiva fue un rotundo fracaso. Cientos de gatos sitiaron la casa cuando se percataron del veneno que habíamos puesto en el alimento que nos obligaban a darles.

El sitio feroz duró muchas horas y convenimos en pactar. No hubo manera. Nos arrancaron una rendición incondicional.

Después de varias semanas de abyecta esclavitud, decidimos buscar ayuda de fuera. Aprovechando una tarde calurosa en que los gatos dormían pesada siesta, introdujimos armas a la casa. Pudimos mantenerlos a raya durante unas horas, pero, como brujas que son, por un gato que matábamos aparecían tres. Se descolgaban del tejado, se escurrían por las rendijas, brotaban de la tierra misma.

Fue ese nuestro último intento de rebelión. Víctimas del pánico, sumergidos en el horror, arañados y mordidos, comprendimos que no podremos escapar del poder de los gatos.

Somos sus esclavos. Los gatos viven ahora por todas partes, no se limitan al jardín. Son treinta, cuarenta, sesenta, no sé. Todos aposentados, todos victoriosos. Malvados, maullantes, terriblemente hermosos.

Circulan a mi alrededor mientras escribo esta denuncia. Pasean despreocupados y se burlan de mí pues dicen que nadie creerá jamás lo que hoy he contado.

La herencia

Desperté. El sol acentuaba las hojas doradas. Mis ojos, todavía tontos, recorrieron las guirnaldas finamente subrayadas de negro en campo blanco. Tardé unos instantes en entender que ese jardín encantador era sólo una tela.

Sentía la boca pastosa y una aguja me traspasaba la frente. Incomprensiblemente me había dormido en esa casa abandonada. ¿Estaba ya despierta?. Captaba perfectamente el hechizo de esa habitación. En el aire tibio flotaban perfumes de claroscuro, de cera recién puesta y de flores. La luz se quebraba en mil partículas metálicas y las sombras se aterciopelaban en los rincones. Un espejo sobre una pared satinada y barrocos contornos de muebles dormidos. Traté de incorporarme para buscar una aspirina en mi bolso, pero me detuve a medio movimiento dando un grito. Ellos no se inmutaron. Él la besaba apresuradamente arrancándole risitas y protestas:

—Ahora no, no es el momento. Es usted un loco —decía mientras él la apresaba.

Me froté los ojos que, sin duda, me engañaban, pero seguí escuchando:

—Me has trastornado, Atenaís. No me hagas sufrir más. Desde que llegaste a esta casa no pienso en otra cosa.

Todavía atontada, comprendí que debía poner fin a esa intrusión. Los vi muy bien cuando caminaba a su encuentro, cuando la llamada Atenaís se zafaba por fin de los brazos del hombre alto, de boca carnosa y largas patillas claras. Era una muchacha muy joven aunque me pareció que su mirada desmentía toda ingenuidad. Tenía una piel deslumbrante, acentuada por el marrón de su vestido, ojos como carbones absolutamente inesperados en una rubia.

De repente, la imagen se esfumó, asustada, alucinada salí de la casa. Corrí perpleja por el atardecer de la rebelde campiña de Gascuña. De esa Gascuña de la que tanto me había hablado mi abuela Mam. Por enésima vez miré el caserón abandonado, antes de llegar a la carretera y regresar a Saint Gaudens. Me tranquilicé un poco al comprobar la normalidad de los vehículos circulando sobre el asfalto. ¡Había sido algo tan absurdo y tan bello!

Ya instalada en el autobús, traté de reflexionar. El cansancio del viaje larguísimo, la emoción, la simple tensión nerviosa de tantos días, todo ello había culminado en ese extraño sueño despierto. ¡Uf, qué fuerte olor a ajo se apreciaba ahí dentro! El mismo que despedía el simpático y gordinflón abogado Poncet. De ninguna manera me atrevería a contarle lo sucedido. "Un poco de sentido común", diría. Pero ¿cómo investigar entonces quién era una cierta Atenaís? Hubiera deseado comentar la aventura. Pensé en mi amiga Laura y en lo fantástico de su predicción. Pensé. Ni siquiera tuve tiempo de telefonearle antes de partir, pero le escribiría. Querida y sabia Laura: Sin duda recuerdas la tarde —en tu misteriosa casa siempre es la tarde— en que tu taza de café me dijo que recibiría una herencia inesperada, muy lejos. "Y tendrás que ir allá", agregaste. "Me atrevo a pensar que si no vas tu vida peligrará." Recordarás también el miedo y el entusiasmo que me hicieron reír. No fue fácil decidirme, pero aquí estoy en la vieja tierra de Mam, reviviendo las interminables historias que ella me contaba saturando mi niñez de sabores de Francia. He venido a recibir la herencia.

Al día siguiente cuando volví a la casa la puerta estaba abierta. Arriba se oyeron risas cuando por la gran escalera bajó el fru-fru blanco de una crinolina. Atenaís pasó como exhalación a mi lado. Después vi al hombre dando la mano a una desconocida. Tenía una voz muy suave aunque marcada por divertido acento sureño.

—Mi prima es encantadora, Víctor, no lo puedes negar.

—Sí que lo es esa chica loca, pero quisiera que se fuera pronto.

—¿Por qué? Has sido muy bueno y te debe dar gusto ver cómo se está reponiendo con el aire del campo. Recuerda qué mala carita tenía la pobre cuando llegó.

No tuve tiempo de pensar; corrí tras ellos y trepé al lando. Me senté junto al hombre frente a las dos mujeres. Los ojos negros de Atenaís brillaban con malicia mientras apretaba su zapatilla contra el pie de Víctor y la sombra rosada de su capellina no era suficiente para disimular una sonrisa insolente. No era posible ser tan ciega, pensé furiosa mirando a la desconocida. Ella había abierto su sombrilla y la hacía girar suavemente entre los dedos no sé si con filosofía o inocencia. Nada parecía turbarla. El coche enfiló por un abrupto camino bordeado de álamos.

La prima Atenaís no acusaba el menor parecido con la otra. Confirmé mi primera impresión. Era una coqueta. No obstante su juventud, conocía su poder de seducción y lo manejaba con oficio. La desconocida era pálida, morena. No era hermosa, pero no se le podía negar un indefinible encanto. Sus grandes ojos oliváceos, vagamente familiares, revelaban una especie de indefensa bondad. Sonreía sin abrir los labios, escuchando en paciente y admirativo silencio la conversación que entretejía Atenaís con Víctor, haciendo alarde de ingenio y picardía.

El camino subía. El caballo resoplaba disgustado por los latigazos del cochero. La arboleda, cada vez más tupida, estrechaba el sendero. Sorpresivamente desembocamos en un claro, una imponente terraza natural con una vista que cortaba el aliento. Desde ese promontorio se abarcaba media Gascuña... 'Ven, Céline, vamos hasta la orilla", gritó Atenaís corriendo alborozada. Así es que se llamaba Céline... Desde el borde del despeñadero se oía impresionante el estruendo del Garona, unos cuarenta metros abajo. El río saltaba espumoso entre las rocas en ese punto en que todavía no lograba labrar el cauce tranquilo que se percibía a la distancia en el valle.

Esa tarde no pude más y le conté a Poncet mis extrañas visiones. Rió primero:

—Así que ha heredado usted una casa encantada. Lo curioso es que nadie ha visto nunca fantasmas por ahí —pero ante mis súplicas reflexionó—: Sí, sabemos que Víctor y Céline Ramond vivieron una larga temporada aquí. Pero no conozco la existencia de esa prima Atenaís y no creo que haya rastro de ella en los archivos. Los Ramond partieron repentinamente para América dejando sus tierras en el abandono. Al Uruguay, creo, aunque lo mismo puede haber sido el Paraguay. Regresaron al cabo de unos años, dueños de una jugosa fortuna y con varios hijos, pero nunca volvieron a establecerse aquí. Su abuela le legó una casa que nunca conoció. Sé que estuvo rentada durante muchos años, pero ya hace bastante que está deshabitada. Qué bueno que vino usted.

—Pero y la Atenaís esa...

—Pues quién sabe. Total, ¿qué le puede importar!

—Bueno, después de todo se trata de mi familia.

Renuncié a mi insistencia permitiendo que Poncet disfrutara sin problemas de su tercera copa de cognac. Ya no me olía tanto a ajo, probablemente porque de mis propios poros emanaba el mismo aroma, ya que mis investigaciones no me privaban del placer de saborear la excelente y olorosa comida de la región.

—¿Qué ha decidido hacer con la casa? No me diga que piensa vivirla.

—No, no, eso es imposible —reí—. Pero todavía no quiero venderla.

—Pues en lugar de pasear tanto en esa desolación, debería conocer todas las cosas interesantes que tenemos aquí y venir un día a casa a comer el más increíble cassoulet que haya probado.

—Lo haré, por supuesto que lo haré.

La casa no es muy grande. Cinco habitaciones desnudas y otra en la que quedan una cama y vestigios de cortinas con motivos otoñales en la planta alta. Abajo, un salón que parece inmenso sin serlo, lo que fue una biblioteca, un comedor revestido de maderas talladas casi digeridas por la polilla y los servicios. Lo que sé a ciencia cierta que lo que fue un jardín de rosas es ahora capricho de zarzas. El desesperante vacío que ya duraba cinco días me impulsó a rentar un auto. Quise volver al mirador, pero me fue imposible encontrar el camino de álamos. Revisé centímetro a centímetro la propiedad sin obtener resultado alguno. Una extraña angustia se apoderó de mí. Llegué al grado de llamar a gritos a los personajes de cuya existencia ya dudaba.

Decidí por fin pasar una noche en la casa. No sé de dónde saqué el valor para tomar semejante resolución. Ya ni siquiera me quedaba una sola pastilla para los nervios y ahí para comprar algo sin receta médica... Provista de un cobertor y una lámpara de pilas, llegué al caserón que el viento hacía crujir esa noche como en un cuento de Poe. La angustia de los días pasados, lejos de aconsejarme la huida, me impulsaba a continuar adelante. Tenía la absoluta certeza de que mi presencia era necesaria en aquel perdido rincón del pasado.

Traté de tranquilizarme y me tendí sobre la vieja y única cama. Las cortinas que en otra ocasión me parecieron espléndidas contra el sol, sólo eran girones grotescos que no lograban ni siquiera ocultar el pálido cuerno de luna que flotaba en la ventana. El viento corría alrededor de la casa y los dientes me daban uno contra otro. Sin embargo, debo haber caído en un breve sopor... Me despertó un crepitar de brasas.

Frente al espejo, apenas iluminada por el resplandor del fuego en la chimenea, Atenaís cepillaba su cabello rubio, erguía el busto, se admiraba y se frotaba los pómulos para suscitar un falso rubor. Al cabo de un momento, Víctor se deslizó dentro de la habitación enfundado en una larga bata con rebordes de satín. Después de un breve abrazo, se entabló entre ellos una especie de discusión. Sus voces se me escapaban curiosamente y sólo percibía un violento cuchicheo. Sus miradas se cruzaban como espadas fulgurantes. Comprendí que Atenaís exigía algo mientras exacerbaba fríamente el deseo del hombre. Por fin culminó el combate sobre ese lecho en que, minutos antes o siglo y medio después, yo trataba de descansar.

Salí de la habitación sin hacer ruido, aunque para el caso... Quise ir en busca de Céline, saberla a salvo aislada por su inocencia, pero mi lámpara derramó su despiadada luz por pasillos desiertos en los que se azotaban lúgubremente puertas descolgadas. No resistí más. Corrí hasta el auto y conduje a mil por hora hasta llegar al hotel. ¿Para qué seguir? Que se fueran al diablo mi herencia y sus habitantes.

Esto podía durar y a mí se me echaba el tiempo encima. Decidí liquidar el asunto. Poncet tenía razón. Había mucho que ver en la región. No hubo dificultades para encontrar un comprador. Mis pretensiones eran modestas. Pero ni el turismo, ni el negocio, ni el famoso cassoulet pudieron distraer mi angustia. Tenía la convicción de haber fallado, traicionado, fracasado cobardemente. Estúpida e incomprensible certeza que después de todo ya no importaba, pensé al ver el boleto de avión sobre la mesa de noche.

El día amaneció nublado. Una bruma azul se desprendía del río y las calles de Saint Gaudens sugerían tristemente una ciudad nórdica. A las doce en punto el abogado vendría a buscarme para ir a Tolosa, primera etapa del retorno. Pero...

Le dejé un incoherente recado. El ascensor tardaba más que de costumbre, ridículo en su jaula transparente. Con el corazón en un puño, volé escaleras abajo. "Plus vite, plus vite", le gritaba al taxista que refunfuñaba contra los extranjeros enfermos de prisa. No había nadie en la casa, pero el perfume de Atenaís todavía flotaba en su cuarto.

Guiada por no sé qué desesperado instinto, le expliqué al chofer que quería ir a un mirador.

Cuando llegamos al promontorio, esta vez por rápida carretera escénica, vi tres siluetas caminar lentamente en la humedad de la mañana. No me pude explicar por qué la sensata Céline había accedido al paseo precisamente en ese día sin panorama. Sin embargo, ahí estaba cortando una flor, sonriendo a su ignorancia, mientras Atenaís apretaba contra su pecho la mano de Víctor.

—Vamos hasta la orilla, Céline —gritó dominante.

Corrí como loca hasta el borde del abismo. El Garona rugía a nuestros pies. Céline miraba el paisaje inexistente aspirando con fruición la niebla azulosa. La tomé fuertemente por el brazo y la lancé hacia atrás en el preciso instante en que Atenaís creía impulsar a su rival al vacío. A ella no la pude sujetar. Cayó al precipicio con un alarido de ángel malvado.

Le contaré un día a Laura esta historia que ella intuyó en su taza de café. Le contaré también la historia de mi abuela Mam, hija de Céline, que nació en el Paraguay y no en el Uruguay como creía el bueno de Poncet.

El anillo

El sello verde estaba un poco gastado y seguramente el dibujo no se plasmaría con claridad en el lacre. Por otra parte, era muy posible que no fuera de verdadero jade y que el grueso aro, rematado en los extremos por dos cabezas de dragón, no fuese de oro. De cualquier manera, había que poner cara de conocedor si se quería obtener un precio razonable.

Luap nunca fue un comprador hábil y en ese momento menos que en otros. Era evidente que la curiosa sortija le fascinaba. Por fin le encontró el dedo adecuado. Sólo el índice de su diestra daba la talla exacta del anillo. Pensó que el propietario original debía ser un hombre muy fuerte... sangre, sangriento, sanguíneo, sanguinario. Se lo quitó bruscamente sorprendido por tan absurda asociación.

Cuando salió del bazar se sentía un poco descompuesto. Por principio de cuentas le reventaban los hombres con anillos y, hablando de cuentas, lo que pedía ese sinvergüenza de Cadur era poco más o menos lo que necesitaba para vivir un mes, sin contar que todavía no liquidaba ni la tercera parte del bello volumen *Los orígenes de la lengua zenda.*

Esa tarde faltó a clases y se fue al parque. Jugueteaba embebido con los guijarros del estanque cuando notó que su dedo mostraba aún la marca del anillo. Tomó un poco de agua sucia y se frotó con vigor sin lograr que el círculo rojo palideciera en lo más mínimo. Luap no era supersticioso, pero se alteró más de lo normal con el asunto, aunque se repetía que ciertos metales, el oro en especial, manchan algunas pieles.

Ya listo para meterse a la cama, se negó a examinar una vez más su mano derecha debidamente lavada, restregada a conciencia, pero cuando lo despertó una horrible pesadilla —que de momento no pudo recordar— lo primero que hizo fue buscar la marca. Ahí estaba: encarnada, rugosa, ardiente. Se vistió de prisa, dio gran portazo y se dedicó el resto de la noche a emborracharse con método en la taberna de enfrente.

En el curso de los días siguientes el pobre estudiante se vio obligado a llevar el dedo cubierto con esparadrapo para evitarse molestas explicaciones. Pasó varias veces frente a la cortina de cuentas de Cadur. Tenía la impresión de que tintineaba coqueta a su paso esperando atraerlo con su canto. Decidió por fin cambiar de acera y no mirar más a través de la falsa puerta. Sentía su voluntad flaquear aunque se resistía todavía a caer en garras del truhán anticuario, a apretarse más el cinturón, a renunciar a una que otra escapada sabatina, a escribir más mentiras a tía Cecilia para que le adelantara la pensión, a enredar eternamente sus magras finanzas, etcétera.

Etcétera y las miserias previstas le cayeron una tarde encima. No pudo más y compró el anillo con un poco de dinero plus terribles promesas.

Su insomnio se curó esa noche tan sencillamente como la herida de su dedo. Soñó que era un joven príncipe cabalgando a rienda suelta el más brioso corcel. A sus espaldas flotaban las capas multicolores de sus guardias que gritaban como demonios. El sol descendía sobre la llanura cuando lograron por fin atrapar a la presa. Era una bestia magnífica con cara humana y largo cuerpo de perro lobo. Las lágrimas fluyeron de sus ojos grises al sentir que cien lanzas traspasaban sus carnes. El atardecer turquesa se tino de sangre y el eco repitió al infinito la risa salvaje de aquel muchacho.

Ese sueño fue definitivo en la vida de Luap. Recordó siempre la rutilante pesadilla con un extraño deleite.

Pasaron las semanas. Guardaba el tesoro bajo el colchón de su camastro pues no se atrevía a llevar la joya a la luz del sol. No supo a ciencia cierta cuándo empezó a cambiar. Su barba crecía a tal grado que optó por no rasurarse más. Sus rasgos finos se acentuaron y su mirada adquirió un brillo cruel muy poco a tono con su natural sensible y pacífico. Se sentía más grande, más fuerte y no era ilusión. Sus ropas parecían achicarse a medida que pasaban los días. Sus amigos, modestos estudiantes como él, emprendieron la retirada, ya que su buena voluntad se topaba contra un muro de impaciente soberbia y que Luap mostraba una extraña indiferencia hacia todo lo que antes los unía. Sin embargo y aunque casi no estudiaba, terminó con brillantez su licencia de historia.

A partir de ese momento, pasó la mayor parte del tiempo encerrado en su cuarto de pensión, casi olvidado del mundo exterior. Soñaba constantemente aunque no hubiera podido afirmar sí dormido o despierto. Se agotaba en excitantes cacerías de ciervos colosales, de toros que despedían llamas al bufar, de tigres que se convertían en diabólicos engendros humanos en el instante de la muerte, de aves de exquisito plumaje cuyo último canto le viciaba el alma. O bien, domaba potros salvajes cabalgando siempre en la luz despiadada de llanuras sin límite. Poco a poco sus sueños cambiaron. Ya no era niño solazándose en el martirio de bestias grotescas. Participaba en gloriosos combates y su cimitarra hendía ahora carnes humanas.

Luap comía mal. La deuda contraída con Cadur devoraba sus flacos ingresos. Sin embargo, se sentía vigoroso y feliz y no hubiera cambiado su vida de esos días por nada del mundo. Pero una noche soñó que se encontraba en la cima de una colina. Terminaba una extenuante batalla. A su alrededor yacían exánimes los cuerpos de los enemigos cuyas cabezas había segado el rayo fulgurante de su espada. En el polvo sanguinolento de la lucha flotaban todavía gritos de odio y de dolor. Empuñaba desafiante su arma mirando al sol, cuando sintió una presencia. Un hombre alado le disparó dos flechas, una le atravesó un brazo y la otra le despedazó una pierna.

Desde entonces Luap ya no pudo caminar como antes y se encontró de buenas a primeras con un brazo casi inútil. En un destello de lucidez quiso deshacerse del anillo maldito y devolverlo a Cadur. Nunca supo lo que aconteció durante la discusión que tuvo con el anticuario. Sólo recordó que el viejo gemía y que ese gemido le hizo perder la razón. Se enteró al día siguiente que el comerciante había sido víctima de la feroz saña de un asesino. Luap cayó en cama.

La tía Cecilia se portó maravillosamente en aquella ocasión. Luap vivió a su lado gratas semanas de convalecencia. Poco a poco las visiones se esfumaban de su quebradiza memoria y, de no ser por su invalidez, hubiera pensado que nada había sucedido en realidad. Cuando sus fuerzas se lo permitieron, ayudó en las tareas de la granja y emprendió largos y vivificantes paseos por los bosques vecinos. Pero con la salud, Luap recuperó sus inquietudes. Aunque leía y escribía durante buena parte de la jornada, no podía evitar una angustiosa sensación de vacío. Había decidido regresar a la ciudad en busca de fortuna, cuando encontró en el fondo de un bolsillo el sello de jade.

Desde ese instante volvió a ser presa de los demonios de la tentación. Los horrores soñados cobraron nueva y fascinante vida y ya no pudo borrar el anillo de su mente. Sin embargo, trató con todas sus fuerzas de resistirse al embrujo, a sabiendas de que si se dejaba atrapar una vez más, caería para siempre en una trampa abismal. Muchas veces estuvo a punto de librarse de la sortija. Buscaba en el bosque los matorrales más enredados, los torrentes más caudalosos para que le ayudaran a perderlo, pero en el momento de la decisión final sus dedos se engarrotaban dolorosamente.

En un momento de debilidad, excitado por la maléfica tensión de una noche de tormenta, Luap volvió a usar el anillo. Los espléndidos paisajes antes percibidos agitaron de nuevo su alma. Cielos rojos que parecían desplomarse sobre arenas infinitas tiñéndolas de sangre, ríos que surgían de la nada improvisando bosques extraños, fuegos correteando por las tinieblas de noches calientes. Se perdió otra vez en la contemplación de magníficas ciudades arrasadas, de mujeres sometidas a su barbarie, de niños pisoteados por los cascos de mil caballos, de recios enemigos vencidos por su genio y lentamente sacrificados por sus refinadas torturas, de deslumbrantes riquezas amasadas en años de gloria y conquistas, de campos, de desiertos, de países sin límite humillados por su fuerza, de enormes multitudes arrodilladas al paso de su corcel.

En esos meses Luap no tuvo problemas. Compaginó su vida onírica con la real sin grandes dificultades, con mucha astucia. Podía controlar su pasión. Se quitaba el anillo cuando el hastío de su grandeza lo embargaba o cuando un resto de conciencia afloraba sorpresivamente. Reanudó sus trabajos históricos, seguro de que sus aportaciones a la materia causarían más de una sorpresa. Su única compañía era su vieja parienta a la que profesaba una áspera ternura. Frente a ella, dominaba la violencia cada vez mayor de su temperamento, de manera que la pobre no podía creer las habladurías que la gente del pueblo urdía acerca del sobrino.

Disfrutó así algún tiempo de una especie de plenitud asumiendo con feroz orgullo la responsabilidad de su doble vida. Un día, sin embargo, la frágil cuerda de su equilibrio se rompió. El anillo se incrustó en su carne y todo fue inútil. Luap ya no pudo desprenderse de su otro yo y, en pocas horas, vivió años de extenuante salvajismo que ya no podía gozar. Gritos guturales desgarraban su garganta; la fiebre consumía su cuerpo y desorbitaba sus ojos. Una tarde soñó que al fin regresaba a su capital bienamada. Samarkanda le abrió sus puertas y creyó encontrar un poco de paz. Se encerró en el palacio y mandó que todo callara.

Sólo las fuentes murmuraban en los jardines cuando subió a la torre más alta. Las sombras esfumaban ya el contorno de las murallas aunque en las cúpulas se atoraba todavía algún rayo de sol. Pero el mágico crepúsculo no logró borrar la visión de las pirámides de calaveras apiladas a lo largo de sus caminos, ni el canto del agua pudo acallar el coro de infinitos lamentos que le rompía las sienes. Un súbito y enloquecedor estruendo sacudió el valle. Ríos de sangre, tan anchos como el Sogd, fluyeron de todos los horizontes. En un santiamén, Samarkanda quedó convertida en una isla dorada flotando en un océano escarlata: "La tierra sólo debe tener un amo", gritaba

143

enajenado un minuto antes de que se cercenara la diestra.

Ésta es la historia que el profesor Enol, investigador especial del Metropolitan Museum de la ciudad de Nueva York, pudo reconstruir a partir de las alucinantes notas encontradas en casa de Luap.

El estudiante murió a los pocos días de su última visión de Samarkanda ahogada en sangre y Enol no quiso investigar más. Después de todo, su misión estaba cumplida: había logrado encontrar y recuperar para el Metropolitan un valioso anillo robado años atrás, el anillo del cruel Tamerlán, El Magnífico.

Ulazú

Viento en popa a toda vela
No corta el mar sino vuela
Un velero bergantín.
Bajel pirata le llaman
Por su bravura *El Temido*
En todo mar conocido
Del uno al otro confín...

—¿Qué sigue? Vamos, alguien debe saber lo que sigue. Javier, sírveme otra cuba y dime lo que sigue.

—¿Cómo quieres que lo sepa? Además con lo que pasa, no estoy para poemas.

—Precisamente, por lo que pasa.

—Pues si te parece divertido lo que pasa, inventa lo que sigue y déjanos en paz.

—Bien, tú lo quisiste.

Peldaño de cielo, escalón de mar, oh yate amado, libertad azul, picor de sol y sal, horas amarillas, calor de lujo, sandwiches de atún, lonas empapadas de viento y de sudor, velas hinchadas de... de gozo. ¡Oh *Afrodita* crujiente y panzona, llévanos a Ulazú!

—Vaya, vaya, creí que te chocaba hacer poesía.

—Y me choca, pero hoy somos dioses.

—No sabes lo que dices, tonta. Esto puede ser peligroso.

—Nada de eso, nada de playas este día, capitán Satélite, vamos al horizonte, vamos a Ulazú.

—¿De dónde sacaste ese nombre? ¿Qué es Ulazú?

—Pues no lo sé, pero si lo dije debe significar algo.

Todo esto no es nada mi estilo, pienso, y Javier tiene razón: lo que sucede puede ser peligroso. Pero no siento miedo y me recuesto feliz en la proa sobre un cojín azul cansado. Sopla viento, sopla aunque ellos miren inquietos desde la sombra aún flaca de la vela.

Salimos en absoluta normalidad del muelle, meta Pichilingue, con un par de botellas, la consabida pizza seca de Adriana, los aburridos huevos duros de Gisela y mis gloriosos sandwiches de atún. Las mujeres nos embadurnamos nuestras respectivas cremas solares ante los ojos satisfechos de Pedro, falsamente flemáticos de Marc, siempre hambrientos de Javier y los recién adquiridos de Walter.

También muy normalmente, la única cinta que quedaba a bordo desgranó, cuando cruzamos la bocana, las marciales notas de una marcha sin nombre (que en una lejana tarde bautizáramos "Von Popen"), prosiguiendo con los viejos acentos de Sinatra y el rayado tambor de "Et Main tenant".

¿Qué más placidez se podía pedir? ¿Qué más soberbio aburrimiento? Ya se veía Puerto Marqués. Adivinábamos la caletita verde siempre ocupada por un yate más tempranero, casi sentíamos bajo los pies la privilegiada arena de Pichi, cuando ese loco albatros se posó en la borda. El Satélite palideció y musitó un carajo al cruzar una mirada con el ayudante:

—Quítame eso de ahí que trae mala suerte.

Le lanzaron una toalla. El pájaro esquivó el trapo, nos circunvoló y regresó a posarse un poco más lejos de sus atacantes.

—Déjalo, Satélite, es muy curioso. Me gusta — dije compadecida.

—Pos ai usté sabe.

Y seguimos avanzando con nuestro oscuro pasajero, escuchando sin escuchar el pam, pam de "Von Popen", tostándonos aburridos, ya anhelantes de playa. De repente, ridiculamente, las velas se desinflaron con palpitares de enormes papeles. El *Afrodita* se detuvo en calma chicha. Estupefactos, miramos a nuestro alrededor para comprobar sin comprender que nos encontrábamos en el centro exacto de un círculo plateado y liso de unos cien metros de diámetro. Fuera de la rueda, las olas espumaban como si nada, sólo que...

Era imposible hablar. El barco de las estatuas. Al cabo de lo que me pareció mucho tiempo, la marcha del motor rechinó bajo la crispada mano del marinero rrrrr, puf, puf, rrr, sss, rr y más carajos ahora ya descarados. El impenetrable Satélite estaba fuera de sí. En ese momento, Gisela consideró conveniente manifestar su mareo aunque el yate era tierra firme. Marc le enjugó el sudor que le fluía de la frente. Los demás callábamos todavía. Adiviné que los hombres —más receptivos porque estaban menos asustados que sus compañeras— disfrutaban del inédito espectáculo, salvo Walter que tenía cara de pensar que no se invita a un apacible turista a pasear sobre las olas para salirle con un naufragio a las primeras de cambio.

Yo no sabía cuál debía ser mi reacción frente a la aventura. Era inquietante la perfección de la rueda. Ahí podíamos pasar la mañana si el motor se negaba a funcionar porque, como decía doctamente el Satélite, el diesel traía agua. O podíamos partir en unos momentos rumbo a la ahora tierra prometida de Pichilingue. O tendríamos que esperar a que pasara un yate amigo y nos botara un cabo salvador entrando en nuestro círculo privado. O nos quedaríamos inmóviles no sólo el resto de la mañana, sino la tarde y hasta la noche si el viento se encaprichaba en castigarnos. Si regresamos demasiado tarde, pensé, Adriana no podrá estrenar su vestido en Le Club. "La boutique cierra a las siete", dijo ella. "No estaré a tiempo para recoger mi vestido." Y las dos lanzamos una incomprensible carcajada. Opté entonces por un también incomprensible regocijo que me haría declamar más tarde olvidados poemas de escuela.

El albatros nos miraba divertido. Se dejó acariciar por la pálida mano de Gisela, que había optado a su vez por recuperarse momentáneamente. Los hombres trataban de asesorar al marinero y el motor ronroneaba sin decidirse a nada definitivo. Era mediodía. Javier me tomó del brazo. "Mira", dijo muy quedo, "giramos sobre nosotros mismos". No había nada que mirar más allá del círculo deslumbrante. La costa había desaparecido escamoteada por una niebla que se adivinaba caliente y pegajosa. "Escucha", dijo. Y no pude escuchar nada sino los ruidos ya afelpados de a bordo. El mar y el viento callaban, cómplices del fenómeno.

—God! Do you see what I see? —las pobres palabras de Walter se desplazan lentas en el aire espeso. El Satélite ya no lucha con el motor sino con el pájaro. Gisela se abraza a Marc.

—Cálmate, no pasará nada.

El ayudante, lúcido, sirve copas.

—Javier, esto es sensacional.

Mira, a mí las aventuras náuticas...

—Espero que mi vestido no necesite composturas.

—¡Ay Adriana, por Dios!

—¿Por qué no trajiste el dingue, Satélite?

—Pa' que lo traigo, si hace agua.

—¿Qué diablos es lo que pasa?

—Por lo menos no estamos en peligro de estrellarnos contra las rocas; no nos movemos un ápice.

—Duerme. Gisela, estás verde de nuevo.

—Es que me siento muy cansada. Yo no quería venir. ¿A ti no te da miedo?

—No, y mira que soy miedosa, pero esto me parece sensacional. No hagas esa cara, tonta, mañana estrenas tu vestido.

—Claro, ya no es eso; es que Pedro tiene que estar temprano el lunes.

—Todos tenemos que estar y estaremos. No hablen como si nunca fuéramos a regresar. Hay que controlar la histeria, señoras. Pensemos. Javier, ¿qué podemos hacer?

—Por lo pronto tomar otro vodka-tonic o un baño.

—Baños no, por favor. Las velas están izadas y puede venir un golpe de viento.

—Tú, Marc.

—No sé, Gisela está mal. Todos estamos mal, maldita sea.

—Yo no, esto me parece sensa...

—No seas idiota ¿quieres? Satélite, deja ese pájaro y echa a andar el motor.

—Se le hace fácil ¿no? El diesel... o vaya usté a saber, a saber, a saber.

Los sonidos se topan con la niebla y los párpados se cierran.

Nos despertó una brisa cariñosa, un aleteo de velas, unas gotas de espuma sobre los labios resecos. La botavara se soltó, ladeando el mástil. Algunos vasos rodaron. Empezamos a movernos.

Un velero deslizándose veloz hacia un horizonte en brumas. Un círculo inmenso que ya no es liso ni plateado, sino cobalto y rugoso. ¿Alta mar o una broma? El Satélite no sabe a dónde va. ¿Cómo puede saberlo si estamos encerrados en un anillo iridiscente, si se nos perdió Acapulco, si la brújula no funciona y los relojes se han detenido? El sol pega ya un poco a estribor. A veces el albatros se le enfrenta y su menuda sombra juguetea sobre rostros espantados. Yo tengo hambre. "Comamos y dejemos que el viento nos guíe. Entiendan, no hay nada que hacer, no tengamos miedo, por favor."

Lo inevitable es convincente. El ayudante nos refresca con unas cubetas de agua.

—Hay que comer esa pizza y los sandwiches y pásame la mayonesa para los huevos duros. Francamente Gisela, si no fuera por el hambre...

—¿Nunca se te ocurre traer otra cosa? —no oye, gime en su semisueño. Adriana mastica jugando a la sofisticada.

—Gocemos de este sol, este mar, este viento, sencillamente. ¿No entienden?

—Sí ya, ya. Esto te parece sen-sa-cio-nal.

Marc, Javier y Pedro escuchan cansados la lógica walteriana.

—This just can't happen. I can take a joke but this is too much.

Y yo con ese regocijo cretino y solitario de viento en popa a toda vela y vamos a Ulazú. Y Satélite odiando al pájaro. Y el ayudante temerosamente atareado sirviendo lo que queda. Y el sol victorioso de la niebla. Y las horas sin reloj fluyendo misteriosas. Y el mar haciéndonos creer que es el Pacífico del Sur en technicolor.

Y por fin llegamos.

A mí me gusta Ulazú. Me gustó desde que vimos su barroca silueta recortarse en el horizonte naranja. Me gustó aun cuando supimos que era trampa de yates fantasmas, atolón de ningún mapa, refugio de inexistentes náufragos.

¡Las frutas ulazuanas! ¡Los peces y los mariscos que nos ofrenda el agua tibia rosa fresca malva buena! Ahora que en plan de robinsones no nos ha ido nada mal. Encontramos provisiones en algunos de los yates menos averiados. Gente previsora —lamentable, inexplicablemente ausentes— la del *Milonga* Valparaíso, la del *Queen Amelia* Glasgow, la del *Helio Dolly* San Diego, la del *Pavane* Biarritz, el más lujoso de todos. Gisela le echó inmediatamente el ojo:

—Está bien prendido en las rocas —dijo— y así no me mareará el bamboleo.

A Adriana no le hizo la menor gracia, pero ella y Pedro se conformaron con el *Milonga*. Es admirable cómo han restañado las heridas del casco. A bordo de su natural feudo, el ingenuo de Walter trata de reparar el aparato de radio, asesorado por los manes del yate californiano.

Javier y yo jugamos —quien sabe por cuánto tiempo— al paraíso sin pecado original. Somos dueños absolutos de Ulazú, ya que los marineros se niegan a abandonar los restos del *Afrodita* Acapulco, mariposa ensartada en agujas de coral.

Una oportunidad para Dorian

Siempre me he resistido a creer en la maldad absoluta de Dorian Gray. Viendo las cosas desde un punto de vista imparcial, convendremos en que el gran Osear Wilde nunca le dio una oportunidad de volver al camino del bien. Yo, con el permiso de Osear, se la quisiera ofrecer. Supongamos que aquella terrible noche en que Dorian Gray decide destruir su retrato, acude a visitarlo Hetty Merton, la única mujer que el siniestro dandy ha respetado y...

* * *

Miraba absorto la reluciente hoja del puñal. Sus largos dedos recorrían lentamente aquel acero que una vez ya se tiñera de sangre: la pegajosa y despreciable sangre del pintor Basil Hall-ward.

Se deleitaba en esa helada caricia, saboreando ya la hora de la venganza, de la liberación: mataría a la obra como matara a su autor, de un golpe seco y limpio, con la altiva certeza de un justiciero: "Mataría al monstruoso retrato de su alma y, privado de sus atroces advertencias, recobraría la tranquilidad."

Por un instante flotó en su recuerdo un fuerte olor a rosas enriquecido con el aroma de lilas y agavanzos. Lord Henry y Basil lo miraban desde la puerta del jardín envueltos en la luz quebradiza y los ruidos de Londres apenas penetraban la cálida cortina de esa tarde de junio. Él se admiraba en el retrato que le había hecho Basil, se veía con deleite, finalmente consciente de su belleza y profundamente turbado por las palabras musicales e insidiosas de su nuevo amigo. Lord Henry tenía razón: "Juventud, juventud, no hay nada en el mundo más que la juventud". No pudo menos que expresar el desesperado deseo que había nacido en su corazón: "Si cambiáramos; si fuese yo el que tuviese que permanecer joven y esa pintura envejeciera... ¡Por ello lo daría todo! No hay nada en el mundo que no diera yo... ¡Hasta mi alma!"

Una vez más, la última, revivía en ese sombrío desván, que ocultaba su horrible secreto, la tarde de verano en que su destino había cambiado bajo el influjo de la corrompida y rutilante verba de Henry Woton y por culpa del arte enamorado de Basil Hallward.

Sus delicados labios se torcieron en una mueca mientras clavaba los ojos en la atroz mirada de su retrato y le musitaba abominables injurias. Lentamente Dorian Gray levantó el brazo armado. Un helado sudor fluía de sus sienes y sus músculos se estremecían de odio cuando un curioso alboroto que subía de la biblioteca detuvo su mano en ese postrer instante.

Ridículos, desesperados chillidos de mujer le llegaban por girones mezclados con los corteses acentos de su criado. Alguien exigía ver a mister Gray. Sin entender por qué, Dorian sintió un exquisito alivio. Los terribles momentos que acababa de vivir se esfumaron como por encanto y su angustia se diluyó en una sonrisa divertida. Quienquiera que fuese la visita, lograría su propósito. Depositó la daga sobre una preciosa mesita florentina, cerró la habitación con su llavín de oro y corrió escaleras abajo.

Como una tromba que reía y lloraba al mismo tiempo, una joven, con pelo revuelto y vestido de algodón floreado, se arrojó a sus brazos.

Hetty Merton se calmó al fin a fuerza de vasos de limonada con gotitas de anís. Dorian contemplaba el encantador espectáculo que tenía ante sí escuchando distraídamente lo que la joven intentaba decirle a través de sollozos todavía incontrolables, pero, cuando las palabras se ordenaron en su cerebro, una carcajada de rabia sacudió a Gray de pies a cabeza.

Era absolutamente inaudito e intolerable. ¿Era precisamente aquella mujer, la única por la que había sentido compasión en toda su vida, la única que había respetado, la última por el amor de la cual su podrido corazón había vuelto a palpitar, la que fuera capaz de inspirarle una buena acción en todos estos años —bastante se vanaglorió de ello con Lord Henry—, ella, nada menos que ella, la que urdía historia tan vil? ¿Había escuchado bien? ¿Lo acusaba la muy infeliz de haberla embarazado?

Sin inmutarse ante la ira de Dorian, sin contestar a las injurias despiadadas de las que era objeto, Hetty Merton repetía una y otra vez su versión de aquella supuesta noche de amor cuya redonda consecuencia era ya bastante notable.

Dorian se hundió en un largo silencio. No obstante su legítima indignación, no se sentía con fuerzas para echar a la muchacha como evidentemente se merecía. El experto mentiroso que era no había podido descubrir en los ojos de Hetty, puros como lagos de Escocia, el menor asomo de engaño y una duda se levantó dentro de él. ¿Sería posible? Su mente sometida en los últimos tiempos a tan crueles tensiones podía estarle jugando una mala pasada. ¿Decía ella la verdad? ¿Había él llegado hasta el lecho de Hetty en una noche sin conciencia? ¿Había tomado en los vapores del alcohol o turbado por las volutas del opio aquello que en sus cinco sentidos rehusara mancillar?

Si así era, más valdría enfrentarse al problema con calma. Unas palabras dulces, algún dinero... ¡Como si fuera la primera vez! No entendía por qué se había alterado tanto. Empezaba su sonrisa cínica a aflorar, cuando se encontró con la mirada suplicante de Hetty. De repente, la terrible escena del desván le volvió a la memoria. Sintió que su razón se tambaleaba al entender por fin que la vida le ofrecía, a través de esa dulce niña, una oportunidad de salvar su alma. Con olvidada ternura besó la frente de esa criatura que le traía, con el aire perfumado de su campiña, la llave de la regeneración.

Selby Royal no era la misma desde que la joven señora Gray corría, sin importar su avanzada gravidez, por los salones de la mansión. La augusta propiedad, por la que en otros tiempos desfilara lo más selecto de la sociedad londinense y continental, había adquirido cierto aire de despreocupada juventud gracias a la peculiar idea que Hetty tenía de la decoración. Introducía en su nuevo hogar toda clase de extravagantes fruslerías que acomodaba por doquier, sin el menor respeto para las lámparas exquisitas, para las raras estatuillas, para las piezas magníficas que su marido coleccionara durante muchísimos años de viajes y refinamientos.

Dorian la dejaba hacer y tornar sin atreverse a contrariar sus gustos francamente desastrosos. Por primera vez en mucho tiempo, era realmente feliz. Esos meses transcurridos al lado de esa joven llena de imaginación y de vida, fresca y sana en su sencillez, habían remozado su alma al grado de hacerle olvidar el pasado. En la dorada paz de ese otoño pudo creer que el monstruoso retrato, que había traído de Londres para encerrarlo tras la última puerta de un sótano, era sólo un mal sueño. ¡Es tan fácil acostumbrarse a la felicidad!

Sin embargo, una fría tarde en que el viento empezaba a colarse insidioso entre los árboles, Dorian tuvo que enfrentarse otra vez con la casi olvidada pintura.

Hetty, con el ceño fruncido, le había hecho notar que algunos surcos empezaban a rodear sus ojos y que su aspecto en esos últimos días no era tan saludable. Sorprendido y asustado, tomó un espejo enmarcado por ángeles de marfil —uno de tantos regalos de Lord Henry— y vio en efecto que su inmarcesible belleza había sufrido ciertos cambios. Su cutis de narcisos tomaba un tono amarillento y algunas arrugas rayaban sus sienes. Ahora lo notaba, era verdad. Sin más, Dorian fue en busca de su retrato.

Su corazón palpitó desaforado al percatarse de la claridad que se notaba ahora en los ojos monstruosos de la pintura. Era como un rayo de luz que suavizaba el aspecto del informe personaje. Algo apenas perceptible, pero irrefutable. Dorian Gray reflexionó en el sótano húmedo y salitroso y resolvió no volver ahí jamás. Era obvio que el hechizo de su eterna juventud se había roto: ahora su vida cambiaba de rumbo para enhebrarse en el hilo de la normalidad. Envejecería como todos, lenta pero inexorablemente. ¡Y no era tan terrible! La idea de hacerse viejo poco a poco al lado de su amada Hetty, rodeado de hijos, le produjo un dulce placer. Era más de lo que merecía. ..

Hetty Gray era una de esas afortunadas mujeres a las que la maternidad, lejos de restar encanto, proporciona una belleza madura y excitante. Su hijo nació una mañana de diciembre en que una capa de escarcha cubría el césped del parque. Fue un varón rollizo que aunaba al vigor y salud de la madre la belleza del padre. En los meses que sucedieron a ese feliz acontecimiento, Dorian vivió sólo para el amor.

Cuando no velaba con adoración el sueño de su hijo, volcaba sobre su joven esposa un cariño empalagoso y sofocante. Ella recibía sus homenajes con una sonrisa en la que un buen observador hubiera descubierto cierto cansancio desdeñoso, pero Dorian no se percataba de ello. Cegado por el amor que rayaba en idolatría, ni siquiera se preocupaba por la paulatina desaparición de su legendaria belleza. La vida en Selby Royal siguió deslizándose igual hasta el día en que el viejo Henry Woton anunció por fin su esperada visita.

Al llegar, Lord Henry no pudo menos que rendirse ante el encanto de esa joven, símbolo mismo del verano incipiente. Desde la escalerilla de piedra rosada, Hetty llamaba a Dorian con gestos impacientes que hacían volar deliciosamente la muselina de su vestido. Se le notaba un poco inquieta mientras escuchaba distraída a Lord Henry:

—La edad no perdona, querida, aunque el corazón quisiera volar al encuentro de los seres predilectos, las piernas no lo llevan a uno con la ligereza y el entusiasmo de los sentimientos. Pero son esas, cosas que la belleza y la juventud no comprenden ni desean escuchar. ¿No es así?

En los linderos del parque surgió una figura rechoncha que llevaba en brazos a un infante.

—Ya viene Dorian, Milord —se despidió Hetty con una sonrisa despectiva—. Adiós, estoy segura de que tendrán ustedes mucho de que hablar y que... y que su presencia le será preciosa en estos momentos.

Y sin esperar réplica a sus extrañas palabras, Hetty Gray desapareció por la puerta de la veranda. Al darse vuelta, Lord Henry creyó ver que un hombre moreno acompañaba a la esposa de su amigo...

Dorian se aproximaba en efecto y levantaba con orgullo a su hijo para que Henry pudiera admirarlo. Woton sintió un insoportable malestar. Ese tipo de sentimiento le era familiar. Sentía esa misma dolorosa repugnancia, ese frío desprecio, esa cruel impaciencia cada vez que se topaba con una flor marchita; pero ahora la intensidad de su decepción no tenía límites. Frente a él, con la sonrisa bonachona de un burgués retirado, se encontraba Dorian. De los rizos de cobre bruñido que tanto había admirado, sólo quedaban mechones grisáceos. Del rostro divino, de los ojos de fuego y de hielo que tanto habían visto y herido, de la boca perfecta que tan profunda y deliciosamente había pecado, sólo quedaban repugnantes vestigios. Una máscara vieja le sonreía con detestable beatitud.

Afortunadamente para Lord Henry, una doncella se presentó en busca del niño y le dio ocasión de componer la mueca de su rostro. En los límites del horror, pudo comprobar que Dorian Gray había envejecido treinta años en uno.

—Te veo sorprendido, Henry —dijo—, y es natural. He trocado la juventud y la belleza por el amor y la felicidad. He recuperado mi alma y mi apariencia no tiene ya la menor importancia.

Al borde de la náusea, Lord Henry aceptó —por una incomprensible compasión ajena a él— el jerez y la charla que su amigo le ofrecía. Los dos hombres pasaron a la biblioteca en la que un espléndido ramo de lilas fijó un instante la atención de Henry Woton. Sus ojos se humedecían en tanto que Dorian, con ingenua impudicia, le relataba largamente su abominable felicidad; pero poco a poco, velado por los arabescos azules que despedía su cigarrillo, Lord Henry se recuperó. Sus negros ojos brillaron con el desdén que había sido uno de sus mayores encantos. Deseaba escapar cuanto antes y buscar un pretexto para cancelar esos días que había prometido pasar en Selby Royal. En esas estaba, cuando un sirviente entró para entregar un papel a Dorian.

A medida que éste leía, su rostro se descomponía en mueca horrible que dejaba adivinar el más atroz dolor. Se deslizó de la poltrona, presa de un llanto convulsivo y terrible. Lord Henry, pálido como la cera, tomó a su vez la nota y leyó lo siguiente:

A Dorian Gray, que fue mi amor:

Aquella lejana noche en que tuvo usted la cobardía de abandonarme sin siquiera concederme el consuelo de un beso, aquella noche en que decidió respetarme por un escrúpulo bastardo, yo me entregué al primer venido.

Al ver que esperaba un hijo, fruto de mi despecho, decidí urdir una mentira y hacer creer al bello Dorian Gray que había sido mi amante de una noche. Fui muy feliz cuando usted me hizo el honor de hacerme su esposa. Pero ahora, ha herido cruelmente mi amor y ha enterrado mis ilusiones al dejar de ser el hermoso joven que yo amé. Reconozco su bondad, pero me niego a sacrificar mi juventud a un viejo que sólo me inspira repugnancia. Vuelvo con el verdadero padre de mi hijo. Hasta nunca.

Hetty Merton

Casi inconsciente, sin atender a la presencia de su amigo que trataba de retenerlo, Dorian Gray corrió al sótano y abrió una puerta. Ante la incredulidad de Lord Henry apareció la pintura que consideraba la obra maestra de Basil Hallward, el retrato que nunca había vuelto a contemplar. Era el mismo que recordaba aunque parecía ahora retrato de un hombre adulto, marcado por las pasiones y el tiempo.

—Te sorprende, ¿verdad? El hermoso adolescente envejeció. Pues tienes suerte, querido amigo, de no haber visto esta pintura hace un año. Pero ahora comprenderás.

Y sin esperar más, Dorian Gray tomó el puñal que pendía del mohoso muro y hendió el corazón de su retrato. Un alarido rasgó la penumbra y Dorian cayó fulminado, desintegrándose en rápidas etapas más monstruosas las unas que las otras. Mientras tanto la tela cambiaba, embellecía hasta recuperar la pureza y el esplendor de un adolescente casi divino.

Las almas

—Nos conocimos muy al principio, ¿recuerdas? A ti y a mí nos gustaba la Tierra, siempre nos gustó. Disfrutábamos deslizándonos sobre las aguas, flotando sobre las verdes colinas, correteando por los bosques.

-Yo ya no podía dominar mi impaciencia porque al fin me llegara mi turno. Cuando nos conocimos, algunas almas estaban ya en lo que se había dado en llamar "el vehículo".

—Es cierto. El experimento tenía poco tiempo de haberse iniciado y todavía no se conocían bien los resultados. La oposición no se daba por vencida: mezclar el alma a la materia era un absurdo, un peligro, se decía. Esencias tan distintas no podrán jamás amalgamarse. Sin embargo, el asunto estaba en marcha.

—Sí. En el fondo, el sentimiento motor que nos impulsaba no era otro que la envidia. Nadie quería reconocerlo, pero eso era. Envidia de la vida física, de las formas hermosas, de las melodías, del color, de los perfumes embriagadores que habían surgido en la Tierra con el nacimiento de la vida.

—Tienes razón. Envidia que llegó al colmo cuando vimos aparecer a las primeras criaturas

169

animales, cuando las vimos disfrutar de tan espléndido jardín. Nosotras, almas orgullosas, no resistimos más. Así fue como se empezó a estudiar la posibilidad de participar activamente en el milagro, buscando un ser digno de servirnos de alveola.

—Se pensó primero en algunos bellos vegetales

.

—Sí, pero se les descartó muy pronto. Sus limitaciones eran demasiado evidentes.

—¿Recuerdas que algunas audaces pioneras se ofrecieron a habitar a burdos animales?

—No las he olvidado: padecieron inútilmente. Aunque esos seres estaban mejor capacitados que los vegetales para la vida activa, los resultados fueron decepcionantes. Las valerosas voluntarias se encontraron muy a disgusto en sus cuerpos. Se quejaron de lo elemental de ciertos sistemas, pero sobre todo de la lucha agotadora que tuvieron que librar contra los instintos inherentes al vehículo. Tuvieron la sensación de circular dentro de él, pero sin lograr la ansiada amalgama.

—Misiones iban y misiones venían recorriendo el globo, esperando encontrar en alguna parte una criatura superior mejor equipada para nuestros propósitos. Y se encontró, finalmente se encontró.

—¿Fue en la Mesopotamia?

—Nunca se pudo determinar el sitio exacto. El caso es que desde el primer momento, se supo que era lo mejor que podía ofrecer el planeta.

—¡Qué impresión nos causó la primera vez que oímos reír a esa criatura! Su garganta parecía florecer en alegría.

—Sin embargo, recordarás que para evitar nuevas desilusiones, se decidió mantener al vehículo en observación durante algunos milenios y, afortunadamente, sus características, aceptables en un principio, fueron mejorando día tras día. Tenía defectos sí: limitadísima duración, instintos todavía bestiales, tendencias a la autodestrucción, pero sus cualidades pesaron más en la balanza: astucia, valor, curiosidad, tesón, memoria, inteligencia, y fueron suficientes argumentos para que se le aceptara como idóneo vehículo de las almas.

—Vivimos años de impaciencia y de temor. Si esa vez no acertábamos, permaneceríamos para siempre ajenas al milagro de la vida.

—Y por fin regresaron las primeras almas que habían transitado en un vehículo humano.

—Todas coincidieron en un punto: la amalgama se había realizado. Habían perdido conciencia de su estado almático para fundirse en el vehículo. La mejor prueba de ello era que ninguna recordaba el pasado.

—Resumiendo: el alma se adaptaba, se transformaba, se diluía hasta que la muerte del vehículo la liberaba.

—A algunas les horrorizó ese tránsito alucinante.

—Pero a la mayoría le fascinó.

—Sí. Desde ese momento la encarnación se puso de gran moda. Hasta las más timoratas se dejaron vencer por la curiosidad. Y por lo visto, la criatura se reproducía magníficamente. En poco tiempo todas las almas tendríamos nuestra oportunidad.

—La posibilidad de una explosión demográfica nos preocupó un instante. Llegaría un día en que no habría suficientes almas para habitar todos los cuerpos que mecánica e indefectiblemente nos estarían esperando.

—Pero el problema se resolvió con un poco de reflexión. Puesto que los vehículos eran pasajeros y nosotras eternas, podríamos transitar en varios. Entre uno y otro se establecería un periodo de descanso obligatorio para que el alma descansara en sus fuentes y se recuperara de sus experiencias terrenales.

—Creímos poder mantenernos dueñas de la situación, desligarnos a voluntad, escoger nuestros destinos. No comprendimos que el experimento se convertiría en cadena. Que la reencarnación sería ley, compromiso y en ocasiones castigo.

—Pero todo tiene un fin. Ahora sólo quedan algunos cientos de miles de almas pagando culpas de un pasado desconocido o gozando de la dulzura de una última vida en premio a méritos igualmente olvidados. Perdimos la batalla y nos iremos. Los humanos ya no nos necesitan. Pretenden bastarse con su cerebro y ya no quieren tener un alma. Nos iremos, sí.

—¿Se sabe adonde?

—Todavía no. Se esperará a que todas hayan vuelto para tomar una decisión.

—Echaré de menos a este planeta. ¡Tantas vidas!

—¿Las recuerdas todas?

—De cada una un instante. Aquella primera...

Primera vida

—Tú, hombre, me miraste por encima del agua. Estabas desnudo y sonreías. Algunos peces aleteaban sobre el musgo a tu alrededor. Sentí rabia. ¿Por qué matabas a peces tan bellos? Sonreíste más al mirarme. Nadie me había sonreído así. En mi tribu los hombres gruñían o reían a carcajadas. Tu sonrisa me recordó algo...

—Me regañaste. Yo supe inmediatamente que eras mi alma amiga. Echaste a correr y corrí tras de ti. Te alcancé y rodamos ambos sobre la hierba fresca. Me miraste y te besé. Eran cuerpos hermosos los que nos habían tocado en suerte. Eras suave y fina como una gacela. Cerramos los ojos. Nos dijimos muchas cosas con las manos, con el calor de la piel y con la caricia del aliento.

—Creo que ése fue el momento más hermoso de todas mis vidas.

—Hubiese querido repetirlo. Ser mil veces ese hombre en comunión con esa mujer. Pero llegaron los tuyos y me agredieron. La primera piedra me aturdió.

—A mí me arrastraron lejos de ti. Pobres bestias.

—Me golpearon gozando su rabia. Lanzaron mi cuerpo al abismo. Se estrelló en las rocas, pobre cuerpo mío con el que te había amado.

—Me escapé para correr hasta el risco y desplomarme sobre tus restos aún tibios.

—Regresamos ateridas aunque maravilladas. Juré no volver a encarnar, pero cuando te fuiste..

173

Segunda vida

—Yo quería volver. Volver a ser mujer. Arder como yesca ante una sonrisa, ante una mirada. ¡Creí que era muy fácil! Vida idiota aquella segunda. Me la pasé corriendo tras el amor que una vez, no sabía dónde, había entrevisto. ¿Cuántos hombres conocí en las callejuelas de Napóles? Todo fue desilusión, desesperanza y vacío. Me dijeron después que esa vida había sido castigo por mi suicidio anterior. Sólo fui feliz un instante cuando en mis últimos momentos llegaste hasta mi lamentable camastro y, ¿recuerdas?, todavía tuve fuerzas para aborrecer la sotana que te había ocultado de mi vista. Tú te quedaste en el mundo.

Tercera vida

—Me quedé aprendiendo a vivir para otras almas. Y cuando regresé por fin, te encontré celosa de mi tardanza. En venganza, resolviste escoger para esa nueva reencarnación un vehículo masculino.

—¡Y qué vehículo! Fui esa vez un hombre cínico, desesperado y truhán. Así dicen que fui. ¡Pobre Don Juan! Nadie sabe cuánto detesté mi propia audacia y desenfreno. La frustración y el desencanto de mi otra vida determinaron mis asaltos a cien alcobas. Estaba harto de pasión y, como antes, sólo trataba de buscar el amor.

—No entendiste mi amistad. Riñas, fanfarronadas, estocadas, sólo eso tuvimos en común. Lo cierto es que nuestros vehículos no se prestaban para mayor entendimiento. No te culpo, Don

174

Juan. Don Luis tampoco fue fácil. Menuda sorpresa me llevé cuando supe que eras tú, precisamente tú, alma querida, la que me había enviado de regreso.

—Lo mío no fue sorpresa. Fue desesperación la que sentí cuando me enteré que una espléndida rivalidad me había hecho matarte. Las almas amigas, las almas amantes, habían sido enemigas en esa vida. Lo pagué bien caro, ¿recuerdas?

Cuarta vida

—Sí, pobre, sufriste.

—Cuando recuerdo esa cuarta vida, me parece sentir todavía aquella arena candente escociéndome los ojos a la menor brizna de viento. Ni el dardo del sol sobre la nuca, ni la tortura del fardo en la espalda, ni el frío azul del desierto nocturno, ni los golpes, ni las humillaciones, me hicieron sufrir tanto como ese polvo cruel. Fui un pobre esclavo berebere, un pobre ser con sueños de agua y de pastos verdes que nunca vio.

—Tú viviste en la arena y yo en el lodo, muy lejos de ti. El fango me entumecía las rodillas año tras año. Sin embargo, pensándolo bien, cuando volvía a casa no era tan infeliz. Ahí estaba en el rincón de mi choza el saco de arroz levantado por mí. La convicción de mi utilidad, la compañía de aquella familia física que tuve y la certeza de un futuro mejor, mitigaban un poco mi soledad en aquellos campos de China.

—Tuviste razón en esperar un futuro bueno.

—Y tú por fin fuiste menos castigada.

Quinta vida

—Mi vieja tristeza se esfumó aquella tarde totalmente silenciosa en que abriste los ojos en mis brazos. Me sorprendí y me asusté, ¿recuerdas? No era la tuya una mirada de recién nacido. Tus ojos me hablaron mientras yo te amamantaba. Era casi irresistible. Entre tus ojos y los míos se tejió una cuerda de plata y mis lágrimas rodaron. Eras tú, era yo. Un hijo y una madre. Dos excelentes vehículos. ¡Por fin!

Sexta vida

—Y en la siguiente tampoco nos fue mal. Fuimos hermanos. Extraordinariamente hermanos. Hermanos sin más historia que la de su cariño y camaradería, buenos hermanos unidos por el secreto de recuerdos antiquísimos e informulados. —El día que te fuiste de casa fue para mí un puñal. Me quedé atada por mis faldas, mientras tú, enfundado en un uniforme, ibas a defender una patria. ¡Cómo si las almas tuvieran patria! Te mataron. El mundo era una llama.

Séptima vida

—Tardamos mucho en volver a encarnar. Disfrutamos de bien merecidas vacaciones. ¿No habrás olvidado esa época?

—Por supuesto que no. ¡Qué bien nos sentíamos al fin liberadas! No sé por qué tuve el capricho de regresar.

176

—Qué quieres, te gustaba la vida...

—En cuanto llegamos, comprendimos por qué se decía allá arriba que el final acechaba. Las almas se estaban debilitando en una lucha feroz. La inteligencia ganaba la partida.

—Cuando te vi, recé porque fueras la elegida. Teníamos los dos veinte años. La edad en que en esa estúpida sociedad una máquina le escogía a uno pareja. Hacíamos cola para someternos al veredicto del metálico juez del amor. Traté de adivinarte para poder facilitar a la computadora datos que correspondieran a tu persona. Cuando te miré de cerca comprobé con orgullo que no me había equivocado, que tú como yo habías podido resistir a la educación de las máquinas, que eras un alma, mi alma.

—Cómo temblábamos cuando nos llegó el turno. Intuíamos lo que había que decir. No necesitamos de la palabra para hablarnos. Nos pertenecíamos, pero la Bestia de luz y acero no lo entendió y decidió separarnos.

—Vivimos juntos sólo una semana. Huyendo, escondiéndonos de los mil ojos helados, de los mil oídos supersensibles de los detectores de prófugos, esquivando como podíamos la vigilancia humana, hasta que caíamos impotentes ante el terrible acoso de los trastos todopoderosos.

—Sin embargo, fue una huida victoriosa. Girones de felicidad bañada en miedo, pero más fuerte que él. Logramos otra vez, una última vez, ser un hombre y una mujer enamorados.

—¿Y ahora? "

—Ya falta poco para que nos vayamos de este planeta. Supongo que esperaremos todavía unos cuantos años hasta que regresen las almas que faltan. Como te decía, ya no son muchas. Cientos de millones de vehículos humanos transitan ya deshabitados, sin alma, al garete, dirigidos por las máquinas diabólicas que engendraron sin prestar oídos a nuestras advertencias. Nosotras, orgullosas almas, hemos perdido la batalla. Nos iremos.

El danzante

Me duelen terriblemente los pies. Hace 12 años que no descanso: Danza y baila por toda la ciudad. Me pesan las piernas cargadas, retumba dolorosamente en mi sangre el teponascle, me oprime las sienes el penacho, pero bailaré hasta la muerte. A eso he vuelto.

Era muy diferente bailar en Tenochtitlán bajo el sol ardiente, pero huésped de un cielo purísimo. La vaporización normal de las lagunas producía una bruma sutil que acariciaba el olfato y protegía la vista de los rayos solares. Las mil flores y hierbas soltaban en el calor embriagantes perfumes. La brisa rizaba el agua y se escabullía fresca entre nosotros. Se bailaba durante días y sus noches hasta que las almas se salían de los cuerpos, liberadas. Tenochtitlán, maravillosa.

En cambio la contaminación que hoy padece... Ahí a un paso de donde danzo en recuerdo de los míos, pasan miles de coches y camiones que despiden sofocantes humos grises, verdes, violáceos. Pero bailo y bailo porque hay que recordarles de alguna manera que esto es nuestro y siempre lo será.

Tarde de sábado en marzo. Hace calor y hay una gran luminosidad no obstante que el techo que cubre la ciudad nunca se abre. ¡Miento! Los vientos crueles, por breves, nos enseñaron lo que es la belleza de Anáhuac, hace poco, el día 4o. del mes de febrero de 1992 que nunca olvidaré. Hace 466 años que no había visto así de hermosos nuestros volcanes siempre ocultos por la mala niebla, pero ese día y otros tres más, los dioses cubiertos de sus albos y brillantes mantos reinaron sobre nosotros, los aztecas, y sobre los que no siéndolo, lo fueron en esos momentos, porque México-Tenochtitlán regresó momentáneamente a su pureza, a su esplendor y pudieron entrever lo que fue la ciudad más bella del mundo y hoy sólo la más grande. La ciudad saqueada y secada por la barbarie de tantas generaciones de blancos y de mestizos.

La última vez que vi tal esplendor del Popocatépetl fue en la misma hora de mi muerte, cuando un fuego terrible —hoy sé que se llama pólvora— se me metió en el pecho. Los inmaculados destellos del volcán, hermoso y adolorido guerrero en su lejanía malva, consolaron mis ojos después del azul y cruel cuchillo que era la mirada de mi asesino.

Pero hoy, decía, es un sábado especial, en el que quiero bailar como nunca. Cuando descubrieron en los ochenta lo que llaman el Templo Mayor, fui enviado de nuevo a Tenochtitlán y me ordenaron vivir, es decir, danzar, en la calle de Seminario, ahí donde los que hoy mandan pusieron la reja, donde detuvieron acobardados la excavación. Pronto organicé un grupo de danzantes. Algunos como yo venían de otros tiempos, los más eran de esta época. Algunos entienden por qué lo hacemos, por qué danzamos sin cesar. Otros sólo nos dan monedas y algunos nos toman fotos. Hoy me duelen terriblemente los pies y aunque los pulmones están por reventarme, mi danza también es especial. Bailo para los míos, como siempre, para despertar sus recuerdos, su orgullo, su alma, pero hoy también para los que están allá arriba en un palacio que hasta hace poco era, como casi todos los que construyeron los conquistadores, una triste vecindad en donde vivían hacinadas muchas familias, y que reconstruyeron tres generosos soñadores.

Allá arriba están sirviendo una rica comida criolla. La toman con vinos de nombres europeos y unos hombres muy cultos explican que la fusión es ideal.

El huésped de honor es el embajador de España. Es un hombre solemne de cabellera plateada y de ojos claros. Su mujer, en cambio, tiene la piel cetrina, la nariz afilada y la mirada muy negra. ¿Qué pensarán todos ellos y qué sentirán en el reconstruido salón colonial, austero como eran los primeros, sólo engalanado con dos espejos que en cualquier momento pueden reflejar imágenes antiguas?

Están allí para celebrar el Quinto Centenario del Descubrimiento de América por un marino genovés y una malvada y sagaz reina castellana. Pero los comensales que prefieren escuchar nuestro teponascle en lugar de la música veracruzana que se ha traído para su deleite, saben que lo que se celebra es la Conquista.

Sí, nos conquistaron, a sangre, fuego y cruz. Así estaba escrito y previsto, así lo dijo el caminante celeste. Hoy nada se ha olvidado y todo se ha olvidado. En el reconstruido palacio que un capitán de Cortés levanta en el talud del templo de Texcatlipoca, que fuera después propiedad del propio hijo del Conquistador, se reúne la sociedad mexicana alrededor del embajador de España, mientras nosotros danzamos abajo, siempre abajo. Pero el teponascle suena fuerte, terco, persistente en la tarde calurosa. Quiere borrar el momento, el tiempo, la música mestiza, las sonrisas condescendientes o serviles. Quiere que se sepa que Tenochtitlán vibra alrededor de nosotros, que hoy todavía es lo que fue sólo que sin el reflejo de pirámides y de cielo añil en sus siete lagos, y con edificios de cantera y tezontle aplastando nuestros templos y con una catedral herida pisando nuestro corazón.

Su Zócalo es hoy el de Tenochtitlán. De todas las calles, otrora acequias, desembocan en este sábado miles y miles de los nuestros y yo quiero creer que nuestra danza es el imán que los atrae, que les recuerda sus orígenes, que les hace hervir la sangre.

¿En verdad? Pasean por el que fue siempre el tianguis mirando las infinitas mercancías traídas de los cuatro confines del mundo, como antes venían al trueque y a las ceremonias. Quizá sólo vienen a ver los juguetes multicolores e ingeniosos, como los cometas de mil pesos que surcan el cielo de la plaza o a dar la vuelta en carritos jalados por bicicletas, como en el Oriente, o a escuchar en una esquina la arenga de un partido político que no dejará el Zócalo hasta que México pueda escoger a su gobernador o a admirar las filas de soldaditos de plomo que arrían la bandera al atardecer.

Este sábado es la plaza más efervescente del mundo. Es una tarde del Festival (verdadero) del Centro Histórico, el de los que todavía somos quienes fuimos y venimos a adorar al sol desde estas piedras sobre piedras que cuentan nuestra historia, a sorber con fruición el incienso que despide la catedral, totalmente apuntalada para salvarla de la debilidad que la aqueja, sobre todo desde 1985, por el movimiento del templo sobre el que la erigieron. A gritar al que quiera entender que los indios estamos orgullosos de nuestra sangre, de nuestras culturas superiores y dolosamente aplastadas y calumniadas por la ceguera y la barbarie europeas de aquel siglo XVI en el que morí la última vez.

Cuando pienso todo esto, puedo danzar y danzar durante horas porque ya no me duelen los pies sino que se me incendia el alma. Está previsto que yo, en esta vida Esteban Popoca, danzante azteca de profesión, muera pronto, bailando para los míos, para que sepan que pertenecen a una raza cósmica.

Voy a danzar y danzar en tardes como ésta. Y mi único deseo es aguantar hasta el próximo febrero, cuando los vientos soplen, el cielo de Tenochtitlán vuelva a ser azul y los volcanes visibles le recuerden a todos que esto es la tierra única de Anáhuac.

Avigdor

Nos apretujábamos los tres bajo el paraguas. La lluvia caía helada y brillante. Era una tarde de otoño en Nueva York, misteriosa y desolada como suelen ser las tardes de domingo. Unas calles atrás había quedado el Village. Apenas una calle antes de ésta en la que nos encontrábamos habían quedado las oscuras de Bowery, calles de casas abandonadas, de hombres abandonados. Pero de aquellas oscuridades habíamos pasado al brillo inesperado de miles y miles de bombillas que incendiaban los aparadores y se reflejaban escandalosamente en el asfalto empapado. Las tiendas de lámparas de esa calle neoyorquina abren los domingos y ningún fenicio de la ciudad se sorprende de ese comercio luminoso, pero esa tarde, con esa lluvia, con una infinita y flotante soledad, las tiendas refulgentes de watts tenían un no sé qué de inmoral, un insidioso atractivo.

Nos apretujábamos los tres bajo el paraguas excitados por las luces hasta que, como mariposas sin voluntad, nos acercamos a las tiendas. Entramos en una y luego en otra y en otras más. Cientos, miles, millones de focos vivían en lámparas de los más disparatados diseños, de bronces barrocos, de cristales apresados en sus aristas, de plásticos insolentes, de suaves globos consoladores en su sencilla redondez.

El pretexto que nos había hecho descender del coche, exponernos al taladro de la lluvia y pisar esa calle extraña, era plausible. Helvia buscaba una "lámpara de pie" ¿y por qué no aprovechar ese paso por un lugar absurdo en un domingo exquisito para encontrarla? Sí, el pretexto tenía cierta lógica, pero Helvia siempre encuentra pretextos lógicos para entrar en mundos que no lo son, para descubrir la puerta de laberintos que, de conducir a alguna parte, conducen a otra dimensión. Ella es así, tiene ese don del que no siempre es consciente. Los tres sabíamos pues, aquella tarde oscura, que el pretexto era lo de menos, que Helvia, una vez más, descorría una cortina desconocida.

Después de la primera tienda en la que empezamos a sentir con precisión el clima único de esa "noche de lámparas", no pudimos ya detenernos. Aquel primer almacén parecía todavía normal. Una mujer, con un cigarrillo prendido de los labios, nos indicó algunas lámparas del tipo requerido. Las vimos rápidamente, sin mayor interés. No, no era eso lo que buscábamos. Pero en vez de salir, penetramos por el pasillo incendiado hasta topar con pared antes de decidirnos a abandonar la tienda. Luego entramos a otra. Dos personajes cuchicheaban en una lengua incomprensible. Hicieron, recuerdo, un cierto esfuerzo por vender. Nos mostraron mercancías varias: lámparas de colores o lámparas detestablemente transparentes, algunas de torcidas intenciones, otras impúdicas de tan modernas. Salimos con ansias de someternos cuanto antes al brillo de otros focos, intoxicados ya de luz.

La tercera tienda se parecía a las demás, pero ya era más polvosa, menos precisa. ¿Quién nos recibió en ella? No recuerdo, aunque bien pudo ser un hombrecillo malévolo perdido en un halo de cientos y cientos de focos encendidos. Él ya no importaba. Habíamos caído bajo el hechizo de las luces. Era como recorrer paisajes encantados y malignos.

—Fellini —definió Jorge.

—¡No! ¡Polanski! —corrigió Helvia.

Para mí, eran paisajes presentidos y temidos en viejas pesadillas. Jorge empezaba a impacientarse o quizá —eso no lo confiesa fácilmente un hombre— a asustarse por el sesgo que tomaban las cosas y es que, en estos trances, los hombres son menos temerarios que las mujeres, que por frivolidad, por curiosidad, están más dispuestas a entrar en mundos extraños. Seguramente él entendió que Helvia y yo no podríamos ya controlar el hechizo que nos había apresado. Sabía que podíamos pasar la noche penetrando más y más en el mundo de los focos, descubriendo nuevas luces, dizque en pos de una muy concreta y a la vez inexistente "lámpara de pie". Quiso hacernos entender que había que romper cuanto antes el encanto, que después sería demasiado tarde y quedaríamos atrapados en un mundo fantasmagórico.

Pero, ¿qué puede hacer un hombre razonable contra dos mujeres hechizadas? Seguimos, pues, casi en sueños visitando tiendas. Entre uno y otro deslumbramiento, sólo recuerdo el chapotear de nuestras pisadas en la acera. No había nadie más esa tarde en esa calle, a no ser a lo lejos la silueta de Pablo, el chofer, esperando en otro mundo junto al auto. No, no había nadie más, sólo nosotros: los tres bajo el paraguas. Y en las tiendas sólo encontramos a las esfinges guardianas de los focos... ¿Dos, tres? ¿A cuántos lugares más entramos? ¿Cuántas miles de lámparas vimos en el polvo iridiscente de aquellos escenarios mágicos?

En la última tienda, una mujer despertó nuestras retinas. Estaba sentada tras una mesa y miraba ávidamente hacia la entrada. Era una figura escapada de un cuadro de Chagall. Muy negro el pelo, peluca más exactamente, pues se trataba de una judía "hasidic" que está obligada a llevar siempre cubiertos los propios cabellos, muy negros los ojos, abismáticos, vacíos o profundos, quién sabe, blanquísimo el cutis y sobre las mejillas un par de ruedas rojas como de muñeca o de enferma. Era el suyo un rostro muy joven y muy viejo. Un rostro de otro siglo. Un rostro escapado de la Rusia de los "pogroms" o de un impenetrable ghetto húngaro o polaco que se trasplanta a lo largo de la historia, impoluto, sordo e insensible al tiempo y al espacio.

Recuerdo haber pensado en la incongruencia de una mujer como ésa en Nueva York y, sin embargo, corregí, sólo en esa ciudad se encuentran sobrevivientes de los más tenebrosos medioevos. Sólo en esa ciudad del futuro, de muchachas sañas, doradas, desnudas, muchachas de anuncio de jabón, de anuncio de minks o de coches de lujo, puede verse a una joven condenada a vivir lejos de los rayos del sol, vestida de negro, consagrada al comercio de focos.

La imagen chagallesca fue un breve paréntesis en el deslumbramiento, un último lazo analítico con la realidad, que pudo haberme salvado. La mujer escuchó la explicación de nuestro peregrinar por las tiendas que ya musitábamos sin el menor convencimiento:

—...una lámpara de pie... buscamos una lám¬para que... —recitó Jorge como autómata.

Ella contestó también desde una extraña lejanía, sin sonreír, pero con una mirada más animada:

—Abajo, mi marido os atenderá —dijo señalando una escalera. Y sorprendentemente de su pálida garganta brotó un grito duro, gutural, autoritario—: Avigdor, Avigdaah, Avigdaaah.

Nos miramos un poco asustados, pero dócilmente empezamos a descender, viendo con inquietud cómo se desvanecían en un polvo luminoso las luces de la parte superior de la tienda. Abajo, el brillo se oscurecía, tornándose ambarino y amenazador. Pendían del techo muchas lámparas en la primera sala y otras se recostaban lamentablemente sobre la sucia tarima del piso. Lámparas enfermas, rotas, atrapadas en telarañas de plata. Las "sanas" en el techo despedían una luz diferente a las que hasta ese momento nos habían encandilado. Era una luz pegajosa que penetraba en nuestros poros como droga fría y quemante a la vez. Más allá de la sala principal del sótano, se advertían galerías sin fin, todas incendiadas de luz, todas invitadoras.

De arriba, seguía llegando el grito: "Avigdaah, Avigdaah". Y mientras esperábamos a Avigdor, el rostro de Jorge se endureció:

—Vámonos —dijo—, vámonos ahora mismo —pero en ese momento, materializándose en el polvo de luz, apareció Avigdor, el esperado. Era el típico judío hasidic, "un piadoso", con el sombrero negro encasquetado sobre abundante cabellera rojiza. De sus sienes pendían bucles retorcidos que se entremezclaban con una barba esponjada. Se veía pequeño en su levita negra. Se frotaba las manos. Fue lo último que vi antes de mirarlo a los ojos.

—Vamonos —gritó Jorge de nuevo y esta vez tomó a Helvia por la mano y la arrastró escaleras arriba.

Yo me quedé prendida de los ojos de Avigdor. En ellos se reflejaban luces de mil colores, lámparas caprichosas, abismos iluminados, mundos y mundos de focos encendidos. Caminó hacia el fondo de la sala y lo seguí, escuchando sin escuchar las voces de mis amigos que me llamaban. En cierto momento, Avigdor se eclipsó en uno de los corredores de luces después de haberme mirado sonriendo. Sentí un vacío atroz, un temblor me sacudió y volví en mí. Di media vuelta y corrí por el sótano a reunirme con Jorge y Helvia, pero era demasiado tarde. Nunca encontré la salida. Ya no había escalera.

Desde entonces, vivo en este mundo infinito de luces falaces. Giro, giro, giro entre lámparas. Me desplazo muy lentamente en el polvo brillante. A veces, en algún corredor, me cruzo con Avigdor, pero él no parece verme. Ayer —¿fue ayer?— escuché la voz de la mujer que desde arriba grita: "Avigdaah, Avigdaaah, Avigdorrr".

El desarme

—No, Margaret, no es película. Te digo que no lo es. No es truco, no. Son ellos. Los hemos estado esperando desde hace milenios. La Biblia los anunció. Todas las leyendas de todos los pueblos nos han hablado de ellos... llegando en sus carros de fuego.

—Tom, si fuera cierto, si en efecto el resplandor que se ve en la pantalla proviniera de una nave interestelar, estaría aterrizando aquí en Estados Unidos o en la Unión Soviética y no en un primitivo país centroamericano en el que la gente no cesa de entrematerse desde hace lustros. ¿No comprendes lo que te quiero decir? Ellos, los que supuestamente vienen de otra galaxia, deben saber quién es quién. ¿Qué irían a hacer en esa zona volcánica de Guatemala, por favor? Esto es un ardid publicitario, muy bien hecho, lo reconozco, pero un ardid. Hollywood quiere volver por sus fueros o los nuevos estudios cinematográficos de Nueva York que se autonombran la Nueva Meca, son los autores de esto. Lo veremos mañana en todos los periódicos.

—No seas necia. Los extraterrestres están llegando por fin. Parece que no recuerdas en donde trabajo, caramba. Si fuera esto un cuento, no nos hubieran llamado urgentemente de la presidencia y del Pentágono. ¡Y si no fuera por esta maldita hepatitis no estaría aquí soportando tu tonto escepticismo! Estaría con mis compañeros en el lago Atitlán, atestiguando el suceso más importante en la historia de la Humanidad.

—Vas a ver el ridículo que caerá sobre tus compañeros de la NASA cuando se sepa que fueron, muy serios observadores, al quinto infierno a esperar la llegada al planeta Tierra de extraterrestres provenientes de Hollywood, de Nueva York o... de Moscú. Tom, no puedo creer que te hayas tragado semejante cuento. Me voy a acostar.

—Gracias a Dios...

—¿Qué dijiste?

—Nada, nada, buenas noches, cariño. Dije que me voy a quedar a ver... la película.

Tom tenía las manos sudorosas. Las sienes le palpitaban desordenadamente. Sentía un hueco en el estómago y su boca seca pedía a gritos un líquido. Destapó una de las cervezas heladas que le había traído Margaret. Esto ameritaría el mejor champagne, se dijo, pero a falta de...

Los locutores de televisión debían sentir algo similar. Su voz se quebraba de la emoción por momentos sólo para volver a explotar de entusiasmo segundos después. En todos los confines de la Tierra en donde hubiera un televisor, cientos, miles de millones de seres humanos sentían seguramente lo mismo. Claro, algunos, quizá muchos, pensarían, como Margaret, que se trataba de una mentira, de una fantasía, pero esta vez no era así.

Desde hacía una semana los titulares de todos los periódicos del planeta anunciaban la llegada de los extraterrestres. La televisión transmitía sin cesar opiniones sobre el próximo arribo, entrevistas a científicos, a políticos, a militares, documentales y películas alusivos. Todas las cintas filmadas hasta la fecha sobre el tema pasaban por los diferentes canales. Se había establecido un premio para aquella que hubiera prefigurado con mayor similitud la inminente verdad. Hasta el momento, *Encuentros del Tercer Grado* llevaba la delantera en las encuestas. El planeta entero vibraba con las notas que la película adjudicaba como tema musical a los visitantes de otro mundo.

El anuncio del arribo apareció dos días después de haberse recibido. Había que investigar si la llamada a la Casa Blanca no era broma. Se tenía información de llamadas similares recibidas por la Casa Rosada en Buenos Aires, por el Eliseo en París, por Los Pinos en la ciudad de México, por Buckingham Palace en Londres, por el Kremlin en Moscú, pero hasta que se tuvo la certeza de que todos los dirigentes de todos los países de todos los continentes habían sido avisados exactamente el mismo día y a la misma hora de la llegada de una nave intergaláctica, no vio la luz la noticia en ninguna nación. Por primera vez en la historia y a sugerencia de la ONU, los jefes de Estado de la Tiera se habían puesto de acuerdo: Dos días de silencio antes de hacer del conocimiento público semejante información.

Se previeron todas las reacciones posibles y se tomaron medidas para evitar que la población mundial se desquiciara al saber lo que estaba por suceder; los ejércitos de todos los países fueron secretamente alertados; la OTAN y el Pacto de Varsovia movilizaron a sus huestes; los servicios de salud recibieron órdenes de organizarse para cualquier emergencia; se prepararon largos discursos para explicar el fenómeno; se trabajó ardua y calladamente durante dos días.

Por fin se dio a la luz el anuncio de la llegada de seres de otra galaxia. Todo estaba listo en el mundo entero para hacer frente a cualquier reacción popular, pero los gobernantes del planeta tuvieron que reconocer con magna sorpresa que no conocían a sus gobernados. La principal reacción mundial fue un tranquilo escepticismo: "Bah", dijo la gente, "una mentira más para hacernos olvidar la inflación, el peligro de guerra, el mal gobierno". Sin embargo, al correr la semana y alentada naturalmente pr los medios masivos de comunicación, la vieja esperanza, latente en todo ser humano, de no estar solo en el universo, de tener hermanos en otros mundos, empezó a despertar otra vez. Y hoy, finalmente hoy, la raza humana, salvo algunos especímenes impermeables al entusiasmo, esperaba, unida y emocionada, que arribara la nave extraterrestre.

De repente los televisores del planeta reflejaron el primer auténtico objeto intergaláctico jamás fotografiado oficialmente. La nave apareció en el cielo purísimo del lago Atitlán, en cuyas riberas, cámaras de todos los países captaban su aparición. Un inmenso plato volador, como los descritos desde hace siglos, fue concretándose rápidamente en la pantalla. Luces de diversos colores se encendían y apagaban sobre sus bordes. En silencio, el más emocionante de los silencios, la nave se posó sobre el cráter del tercer volcán.

—Ya ves, Tom, qué tontería —gritó Margaret desde la recámara en donde no había resistido la tentación de encender el minitelevisor—. Vas a ver que de un momento a otro se develará el gran secreto, se escribirá en el cielo un anuncio de Coca Cola o de una nueva marca de hamburguesas. Ja, ja.

La escéptica tuvo que callar... momentáneamente. De la nave se desprendieron dos pequeños platillos que después de circunvolar el lago unas cuantas veces, acuatizaron frente a las cámaras y frente a los cinco mil observadores autorizados por la ONU. De cada platillo surgieron dos hombres, equipados con cinturones impulsores, que volaron a su vez hasta detenerse frente a los camarógrafos a los que saludaron amigablemente.

Tras el breve silencio, causado por una cierta sorpresa al ver desprenderse de la nave madre a los platillos y posteriormente de éstos a los hombres voladores, Margaret exclamó:

—¡Pero qué falta de imaginación! ¡Mira que escoger a unos tipos tan comunes y corrientes para hacernos creer que vienen de otra galaxia!

En efecto, cuatro hombres apuestos y jóvenes, representantes perfectos de las cuatro razas humanas, sonreían y saludaban al público presente y al ausente, mientras esperaban que se acercaran a ellos los miembros del Comité Oficial Mundial de Recepción. No había música de fondo ni niebla azulosa en el encuentro y Tom, como quizá millones de televidentes, temió por un instante que Margaret tuviese razón y que se tratase de una fantasía publicitaria bien empezada y mal terminada.

Al ver que los humanos importantes por fin se avecinaban, los visitantes levantaron la diestra a guisa de saludo y sin utilizar en apariencia ningún micrófono amplificador de la voz dijeron alternativamente y en diversos idiomas lo siguiente:

Venimos del planeta Pigmalion, tercero del sistema solar número 1492, de la constelación Ecúmena III, de la Galaxia Delphos. Somos en cierta manera vuestros padres por lo que no tenéis que temer nada de nosotros. Hemos venido, como muchos lo habréis adivinado, para salvaros de la extinción, ya que la cantidad de armamentos que habéis acumulado es sumamente peligrosa y aunque sabemos que vuestros dirigentes hablan de desarme sin receso, nunca cumplirán sus promesas a no ser obligados por nosotros. Advertimos que no vamos a resolver ningún otro problema. Uno de nosotros visitará próximamente a cada jefe de Estado de la Tierra, así como a los dirigentes científicos y artistas. El común de la gente podrá vernos por televisión y en algunas presentaciones personales que serán anunciadas con oportunidad. Gracias por su acogida.

204

Y sin esperar más, los cuatro jóvenes levantaron el vuelo, regresando a sus platillos.

—¡Qué asco! —vociferó de nueva cuenta Margaret—, gastar tanto dinero como el que ha podido costar esto para hacer propaganda pacifista. ¡Es inmoral! Y te repito, siquiera hubieran inventado unos bonitos monstruos para hacernos creer que son extraterrestres, no que estos muchachos no tienen el menor tipo de intergalácticos. Apuesto a que son extras —que no extraterrestres— de películas, a menos que los hayan contratado en cualquier gimnasio o en cualquier circo.

—¿Y qué me dices del platillo posado en pleno cráter de un volcán activo? —respondió exasperado Tom.

—¿Te consta que está en actividad?

Tom ya no contestó. Sentía una terrible desilusión. Quizá ella tuviera razón. Esto tenía toda la pinta de una tomadura de pelo. Cuatro muchachos con cinturones impulsores y hablando diferentes idiomas no era precisamente todo lo que se necesitaba para hacer creer en el arribo de seres ajenos al planeta. Y si ésta era una tomadura de pelo se estaba desarrollando bastante mal, aunque al principio parecía excelente. Los supuestos visitantes, como decía Margaret, eran o parecían unos atletas de barrio.

Tom decidió apagar el televisor y ahorrarse los comentarios del suceso. Margaret lo recibió en la recámara con una sonrisa burlona tras haber apagado ella también el aparato.

—Vaya, por fin recuperaste la razón. Creí que te pasarías la noche mirando esa estupidez.

Mudo, Tom se puso la pijama a la velocidad del rayo, se lavó los dientes, apagó su lámpara de buró y se enredó en cobijas. Tenía ganas de llorar.

Los días siguientes fueron muy extraños para ciertos sectores humanos interesados en los visitantes, ya que no para la mayoría de la población terrestre que había en un principio esperado demasiado del contacto y había terminado por pensar, como Margaret, que gente tan común y corriente no podía provenir del espacio externo y que pronto se aclararía que todo había sido una operación publicitaria.

En cambio, los jefes de Estado, los científicos y los artistas más prominentes del mundo vivían momentos interesantísimos. Muchos estadistas con quienes los extraterrestres trataban de entrevistarse, utilizando el sencillo medio de aparecer en sus pantallas televisoras, rehusaban "ser usados" y algunos respondían con groseras negativas al ver aparecer de repente el rostro de algún supuesto visitante espacial. Los más renuentes, decía la prensa occidental, eran los de ciertos países socialistas que temían que todo se debiera simple y sencillamente a una nueva fase de la operación auspiciada por la Casa Blanca bajo el nombre de "Guerra de las Galaxias". Los presidentes, reyes o primeros ministros de los poderosos países de Occidente tenían reacciones similares a las de sus homólogos socialistas y pensaban a su vez que podía tratarse de una respuesta soviética a la decisión del presidente norteamericano de militarizar el espacio sideral. Unos y otros apagaban el aparato cuando no sabían ya

206

cómo contestar las insistentes invitaciones de los "visitantes". Claro que de nada les servía apagar el televisor porque se volvía a encender solo...

Los científicos y los artistas que habían tenido la suerte de ser invitados a la nave posada en el volcán del guatemalteco lago Atitlán, lejos de hacerse los remolones como los prepotentes estadistas, habían hecho las grandes migas con los tripulantes espaciales, pero, decían los diarios, no podían revelar los secretos de los que eran poseedores. "Todo a su tiempo", afirmaban, asegurando que próximamente y en la ONU, los enviados de Pigmalion expondrían al mundo entero sorprendentes realidades.

A los cuatro días del arribo, sonó simultáneamente en Moscú y en Washington la alerta roja. La movilización fue instantánea. Se reunió el Soviet Supremo por una parte y por la otra, todos los consejeros, oficiales y secretos de la Casa Blanca se juntaron ipso facto. Las deliberaciones en un bando y el otro no podían alargarse, dado el estado de emergencia que venía a agravar, si tal cosa fuese posible, la presencia de un platillo volador falsa o verdaderamente foráneo. En un continente y en otro, se decidió que no había más alternativa que apretar el botón. Habían luchado, dijéronse, desesperadamente por la paz, por el desarme, por la coexistencia, pero no habían tenido buen éxito.

El presidente de los Estados Unidos de América, rodeado de todo su staff, con la Biblia apretada contra el corazón y encomendándose a Dios, presionó la pequeña tecla roja destinada a accionar simultáneamente todos los cohetes Pershing, todas las bombas neutrónicas, todas las ojivas nucleares que la poderosa nación había sembrado en el planeta para proteger la paz. A su vez, el presidente de la Unión de Repúblicas Soviéticas Socialistas, en presencia del Soviet Supremo y tras un solemne saludo al retrato del camarada Lenin, augustamente suspendido en el lugar de honor del Kremlin, apretó un pequeño botón igualmente colorado, a sabiendas de que toda la potencia acumulada para garantizar al mundo la paz y defender a los países hermanos de la agresión capitalista, se desencadenaría inmediatamente, en magnífica demostración de la altísima tecnología y poderío marxistas.

Pocos eran los que sabían que la Humanidad estaba viviendo sus últimos instantes.

Pero tras haber oprimido los terribles botones, ambos dueños del planeta Tierra esperaron ansiosa e inútilmente que sus informadores dieran cuenta de los destrozos sufridos por el enemigo y ellos mismos. De manera incomprensible, las pantallas de los televisores de las redes secretas se mantenían en blanco. Nada, ninguna información, ningún reporte, hasta que de pronto apareció la figura de uno de los hombres visitantes. Se le había visto ya actuando para la CBS, seguramente con un jugoso contrato en dólares. Sonrió irónicamente durante unos segundos antes de decidirse a hablar:

En este instante, en todos los televisores del mundo, se ve mi imagen y se escucha mi voz en todos los idiomas que los televidentes comprenden. Me dirijo a vosotros, terrícolas, para informaros que lo que vosotros y nosotros temíamos, ha sucedido. Tanto en el Kremlin como en la Casa Blanca se dio la orden de ataque nuclear, es decir, de destruir el planeta Tierra. Tal decisión simultánea se debió a la alarma que hicimos sonar para probar nuestra teoría que se resume así: Están a punto de hacerse volar los unos a los otros y cualquier pretexto les basta. Una situación un poco fuera de lo normal se presenta hoy y tanto los norteamericanos como los soviéticos se ponen nerviosos y no piensan más que en presionar sus botones destructivos. Se dirán los televidentes: ¡Pero no pasó nada! Así es. No pasó nada porque mientras los gobernantes de las naciones de este planeta se decidían a recibirnos, mientras la población en general se debatía entre aceptarnos como verdaderos extraterrestres o participantes de alguna película de ciencia-ficción, tuvimos tiempo de desaparecer todas las armas existentes, desde las armas blancas, los revólveres, las escopetas, etcétera, que los ciudadanos comunes poseían, bástalos más sofisticados y mortíferos artefactos de las potencias terrícolas y de los pequeños países militarizados. Todo, todo, absolutamente todo ha sido desintegrado por nosotros desde nuestra nave, así como los planos, las computadoras y los cerebros que crearon los artefactos citados. En estos instantes, las únicas armas de que disponen los humanos son las mismas que usaron en la prehistoria. El desarme se ha consumado. Muchas gracias por vuestra atención, misma que requeriremos el próximo sábado a las ocho P.M. cuando altas personalidades del planeta Pigmalion explicarán a los terrícolas mucho de lo que seguramente hoy les produce curiosidad. Buenas Noches.

—Esto va demasiado lejos, ya basta de bromas —opinó Margaret en el colmo de la irritación.

—¿En dónde está mi escopeta? —preguntó Tom ansioso.

—Donde siempre, nunca la toco, como bien sabes.

Tom corrió al sótano y abrió el armario. No había en él ninguna escopeta. En esto reflexionaba cuando su esposa gritó:

—Tom, desaparecieron los cuchillos, ¿con qué corto el steak?

Escenas similares se repetían en todos los hogares de la Tierra en tanto que en las formidables instalaciones militares de uno y otro bando, así como en las menos importantes de todos los pequeños países militarizados, los generales, los peritos, los expertos, los científicos, no daban crédito a lo que sus ojos veían.

¡Tanto que habían trabajado en armas tan maravillosas, tanto que se había gastado, tanto talento humano empleado y todo había desaparecido. Bodegas, laboratorios, barcos, arsenales, fuertes, todos los estuches de las hermosísimas armas estaban vacíos. Inconcebible, imposible, pero cierto.

El conocimiento del desarme sacudió al planeta. La información proporcionada por el locutor intergaláctico fue corroborada por todos los medios de información. El suceso terminó definitivamente con las dudas que respecto a los tripulantes del platillo agitaban todavía las humanas conciencias: sólo seres llegados del espacio sideral podían tener el poder suficiente para desaparecer todas las armas de la Tierra.

Ese mismo día los gobiernos echaron a andar sus más refinadas policías para buscar a los científicos que habían, a lo largo de tantos y tantos años, vertido lo mejor de su genio en la elaboración de las maravillosas armas que otrora, apenas ayer, poseyera el planeta Tierra. Otras divisiones se dedicaron a la búsqueda de los documentos, de las computadoras, de todos los bancos de datos que atesoraban la información para la construcción de armas. ¡Inútil! Tanto los elementos humanos como los materiales habían desaparecido.

Los gobiernos se vieron en la obligación de revelar al público mundial lo acontecido y la reacción de los terrícolas no se hizo esperar.

En Guatemala misma, cientos de miles de personas se pusieron en marcha. De los países vecinos salieron igualmente huestes caminantes. De los más lejanos, llegaron, por la vía aérea, ejércitos. Todos los terrícolas, fervientemente unidos por la indignación, lanzáronse, armados de palos, piedras, objetos de metal, en suma, de todo lo que pudiera hacer las veces de proyectil, contra el platillo venido del planeta Pigmalion, del sistema solar número 1492, de la constelación Ecúmena III, de la Galaxia Delphos.

En la isla de Manhattan en la ciudad de Nueva York, el edificio sede de la ONU fue igualmente sitiado y apedreado para impedir cualquier presentación de los intergalácticos...

La decisión

18 de octubre. Hoy fue un día especialmente brillante, como aquel de mi adolescencia en que decidí, lo recuerdo perfectamente, interrumpir este diario. Octubre siempre es luminoso en mi ciudad.

Los árboles ya dorados de Reforma parecían pintados sobre una tela brillante esta tarde, cuando me dirigía al Champs-Elysées, para comer con Oscar, aquel viejo, joven amigo, que no he visto desde hace veinte años.

Creí que no nos reconoceríamos, pero no es cierto que la gente cambie. Los amigos de la niñez son siempre niños, los de la juventud son siempre jóvenes.

Nos contamos los laberintos más o menos brumosos o complejos por los que cada uno había transitado, desde que el club, y todo lo que significaba, había desaparecido para ambos. Y descubrimos que de todos modos, por diferentes caminos, habíamos llegado a ideas similares, diferentes, opuestas a las de aquel grupo al que pertenecíamos.

En ese restaurante-escaparate hablaban hoy dos muchachos, no dos viejos muchachos. Hablaban de sus respectivas vidas como si en realidad no las hubiesen vivido. Los personajes no importaban, los años tampoco. Las ideas eran lo único. Cuando terminados hablar, de comer, de reír, de recordar, me sentí consolada. Después de todo no estoy tan fragmentada como creí. Se lo comenté

215

a Oscar: "Sabes, hay gente cuya vida es un hilo que nunca se rompe, sólo se estira... hasta que se rompe. Algo así como un barco cuyas amarras nunca se sueltan, nada más se alargan y se alargan. Bueno quiero decir... Hay vidas que son lagos, otras ríos, otras torrentes que pasan brevemente por lugares y personas apenas visibles, que nunca recordarán y a los que jamás volverán...No, no exactamente eso: hay gente que tiene una vida con una secuencia lógica que ha tenido lazos que perduran. Mi vida no es así. Es un collage. ¡Puro fragmento! Si.

Fragmentos, brincos, cambios de escena, de gente, de países. Así he vivido y a veces me duele, porque soy fiel y constante. Pero no lo he sido en la amistad, la vida no me ha permitido serlo por mucho tiempo en el amor. Corto fragmento, olvido y no olvido, cambio, empiezo de nuevo. Mis únicas amarras son mis hijos y mi trabajo , es casi la libertad. Me gusta. Pero a veces me siento como una melancólica tarde de domingo, cuando todo desaparece, cuando las calles se vacían, cuando un poco de desierto se mete en el alma. Quizá hice mal mi vida..."

Bárbara se detuvo. ¿Qué estupidez era ésa? ¿Qué hacía ahí, a la mano, ese librito encuadernado en piel roja que conocía bien y al que tampoco había visto en años, ese diario que hoy, después de una eternidad, retomaba? Misterio de su casa meticulosamente desordenada. O travesura de su sub-consciente que a veces se tomaba la licencia de hacer y deshacer sin que ella pudiera enterarse y menos recordar. Actuaba automáticamente, sin rastro. Bueno, después de todo había que darle a las cosas la oportunidad de aparecer y desaparecer por las grietas del tiempo.

Hoy tenía en la boca el sabor de la juventud recién revivida. Fragmentos, fragmentos, parecía el nombre de un bolero.

Mañana se iría al campo, se prometió cerrando el diario, antes de caer atrapada en un sueño espeso de esos que le hacían perder conciencia absolutamente y a las pocas horas se iba adelgazando hasta culminar en aquella pesadilla antiquísima —¿empezó cuando tenía trece años?— del cristal que la rodeaba. A veces, en la pared transparente aparecía una imagen amiga. La veía maravillada, feliz. Nunca se podían hablar. No se escuchaban. Bárbara se quedaba quieta, mirándola. No hacía esfuerzos por comunicarse, pero sentía una inmensa felicidad y luego un nudo en la garganta cuando desaparecía. Sólo podía recordar una mirada azul. Pero nunca se rompió el cristal.

Despertó de pronto, con la misma sensación de vacío que la atenazaba al recuperar la conciencia. Bebió un vaso de agua. ¿Cuántos cientos de veces había tenido ese sueño? Retomó el librito. No quería hacerlo, pero terminó de leer la triste historia de la niña solitaria, rodeada de gente que la consideraba "extraña", que había sido. Como en su sueño, ¿había estado largamente atrapada tras un cristal? Qué absurdo. Se le hacía todavía aquel nudo en la garganta cuando pensaba en su adolescencia, en su juventud. Fue a la cocina y escribió en el pizarrón un gran "Buenas Noches" para sus hijos que esa noche ¡también! llegarían tarde aunque al día siguiente se irían muy temprano a la universidad. Tras reflexionar unos segundos, escribió una posdata para su hija:

Anya:
Apareció quién sabe por qué un diario que dejé de escribir cuando tenía tu edad. Si quieres, puedes leerlo. A ver si van todos este fin de semana al campo a verme. Los quiero mucho. B.

Hacia el mediodía del sábado el sonido impaciente del claxon y los ladridos de los perros le alegraron el corazón. Le encantaba estar sola en "el monte", entre los viejos encinos y los ya grandes cedros que ella había plantado y escuchar el viento por las tardes, tirada sobre el zacatón fresco, escondida, sin que nadie la viera, pero no podía evitar preguntarse ¿vendrán o no vendrán? A veces le molestaba querer tanto a sus hijos.

Entró Rago, rayando las llantas sobre el tepetate rojo. Venía con Ricardo, los dos con las raquetas en la mano, rápidamente cariñosos. Rago le dio un beso de pasada: "Ten, Anya no pudo venir, pero te manda esta carta. Se fue a escuchar el conjunto de Víctor. Por fin hoy va a tocar".

Impacientes, rebosantes de vitalidad, sus hijos corrieron a la cancha. Iría después con ellos, se dijo Bárbara y buscó un lugar especial para abrir la carta:

Acabo de leer tu diario y me puse a llorar. No sé si por identificación, por edades y por muchas más cosas o porque es "la biografía" de la persona más cercana a mí. Siento algo muy extraño, como si yo hubiera escrito la historia de una adolescente atormentada que se condena sin vivir a un matrimonio en apariencia convencional.

Me sentí totalmente impotente. Reviví a esa niña antes desconocida y fue como si yo estuviera ahí como cualquier personaje de tu diario, actuando, viéndote sufrir sin poder modificar tu vida de entonces a fin de también modificar tu futuro, advirtiéndote de muchas cosas que hubieran podido cambiarte para alcanzar tus ideales.

Cuando estaba leyendo ese diario, sentía que antes de acabar de leerlo yo tenía la obligación de hacer algo para ayudarte a no sentirte tan sola y adolorida. Quería ser tu amiga, esa que tanto necesitabas cuando tenías mi edad y escribías un 18 de octubre, hace tanto tiempo, frases infantiles y desoladoras que me hicieron verdaderamente vivir lo que estabas viviendo, sufrir lo que sufrías.

Yo siento a esa niña como mi mejor amiga, mejor dicho siento como si ella fuera yo, pero no yo, Anya, sino yo Bárbara de 18 años, sensible, bonita, inteligente, solitaria, autotorturada, inerme, secreta. Madre, no sabes como hubiera querido ayudarte para que no escribieras ese diario y describieras tu parálisis interna, tus resentimientos, tus agobios, el miedo que te atenazaba...

Quería detenerte, pedirte que no siguieras adelante en el camino oscuro en que estabas porque desembocarías, sin estar preparada, con mi padre. Quería decirte, conociendo tu futuro, que tendrías todavía que pasar por mucho dolor si no cambiabas. Pero era imposible. Tenías que vivir como lo hiciste, supongo, para por fin ser la que eres hoy, otra, diferente. La Bárbara de antes murió con el fracaso de su matrimonio. Y eres hoy una persona a la que su juventud cruel no le queda muy bien.

Siento mucho que no fueras feliz cuando tenías mi edad. Si vieras qué bien se la pasa uno. Te que - rré siempre.

Anya

El martes, cuando Bárbara regresó a la ciudad, Anya había llenado la casa de flores. Abrazó a su madre con inmenso cariño como si quisiera resarcirla de su juventud mal vivida. Y hablaron durante casi toda la noche. Para Bárbara fue un enternecedor psicoanálisis. Durante los días siguientes, sin embargo, empezó a preocuparse. Anya se empeñaba en seguir hablando del diario. A veces repetía de memoria páginas enteras. In - terrogaba sin piedad: "¿Pero qué sentías cuando escribiste esto? ¿Por qué reaccionaste de tal manera cuando te aconteció aquello? ¿Nunca entendiste que actuabas contra ti misma?"

Paciente, Bárbara contestaba todas las preguntas y trataba de analizarse a través del tiem - po, en el fondo feliz de descubrir que su hija, que compartía algunos de los temores adolescentes, era infinitamente más fuerte de lo que ella había sido. Esa chiquilla sabía ya manejar la vida. Pero la curiosidad de Anya no se calmaba y lo que empezó a inquietar seriamente a Bárbara fue el extraño brillo de sus ojos cuando trataba de investigar más y más. Algo le estaba pasando. Ese brillo, ese brillo... le provocaba desazón.

220

En un principio el interés que demostraba por el diario, por esas páginas escritas, como decía ella, en la prehistoria, la enterneció. Conservaba su carta como una prueba de la inexistencia de ese salto generacional del que tanto se hablaba y que presuntamente impedía la comunicación entre padres e hijos. Pero ahora ese interés se estaba convirtiendo en una obsesión malsana.

Anya era una extraña, contradictoria y fascinante combinación de sentido común y romanticismo exacerbado. Poseía una inteligencia clarísima, capaz de captar con tranquila seguridad los más intrincados razonamientos, pero al mismo tiempo, su temperamento pasional producía sorprendentes cambios de humor que nada tenían que ver aparentemente con la lógica. De niña, pasaba de la furia a la dulzura, como los fuegos artificiales de la oscuridad a la luz. Su propio físico revelaba cierta contradicción: la curva del mentón la hacía parecer muy infantil con todo y sus 18 años y al mismo tiempo muy decidida. Su cutis de durazno, sus manos pequeñas podían inventarle alguna fragilidad, pero su nariz de leona, la profundidad inteligente de su mirada, no exenta de la más pura generosidad, revelaban un equilibrio mental y emocional irrebatible. Jamás se quejaba, jamás pedía nada. Tenía el don de dar, de ayudar a otros a vivir y tenía sentido del humor, gracias a Dios.

¿Y ahora qué rayos le pasaba?, se preguntó Bárbara con cierta angustia y decidió tocar el tema en cuanto tuvieran un poco de tiempo. A las primeras preguntas, Anya pareció ensombrecerse, pero como haciendo un trato consigo misma, ofreció:

"Muy bien, te voy a contar. ¿Por qué no me invitas mañana a comer en el Marbella? Nos queda a mitad de camino entre la universidad y la casa. Tengo muchas clases y no puedo venir hasta acá."

Bárbara llegó quince minutos antes de las dos. Pidió una mesa junto a la ventana para esperar a Anya y un campari con quina. "Mucho hielo, por favor." Prendió un cigarro y sacó el libro que siempre llevaba consigo para aprovechar las esperas. Anya se retrasaba, pensó. Ojalá no le hubiera pasado nada. En lugar de otear la calle, se dispuso a leer en serio. No podía eternamente preocuparse ¿verdad? Se obligó a la lectura y lo logró a tal punto que cuando de pronto vio el rostro de Anya, tan cerca, ahí tras el cristal, se asustó. ¿Qué hacía ahí mirándola en lugar de entrar al restaurante y sentarse? Anya, Anya, no podía escuchar lo que la otra le decía. Sólo le hacía señas. Se miraron así un rato. Bárbara se quedó prendida de ese cristal, recordando otra mirada azul. Apenas volvía en sí cuando su hija la abrazó con fuerza. Se sentó frente a ella y le tomó las manos.

—Hace unos minutos, ahí tras el cristal, entendiste ¿verdad?

Bárbara no pudo pronunciar palabra. El viejo nudo en la garganta se lo impedía.

—Yo comprendí hace unos días por qué no pude hacer nada por ti. Déjame que te cuente, que ya es hora. Empecé a tener tu mismo sueño después de leer el diario y las primeras veces pensé que era lógico. Pero cuando siguió la pesadilla, porque eso es, comprendí que era por algo. Te veía y me veía separadas por el cristal. Me desesperaba. He sufrido todos estos días por mi cobardía de entonces, por mi impotencia. Por eso te he cuestionado tanto, para saber si hubo una oportunidad real en que hubiera podido intervenir para ayudarte. Ahora sé que no era posible, aunque no entiendo por qué tuve que estar ahí, tras el cristal. Tenía que tomar una decisión, eso era obvio: Intervenir en el destino de una persona viva, ayudar a un alma amiga o limitarme con dolor a observarte, para no cambiar mi propio destino. Si no hubiera optado por esto último, no hubiera nacido de ti y de mi padre. No sería hoy tu hija, por lo menos tal y como soy. Perdóname. No sabes lo que fue revivir esa batalla conmigo misma... esa decisión.

Bárbara no contestó. Era de nuevo la adolescente, cuya única amiga era esa niña de mirada azul. Recordó de pronto haber leído que precisamente la mirada es la misma a través de todas las vidas, es el propio espíritu el que en ella asoma. Los ojos, dicen, son el reflejo del alma. Era verdad.

De repente, se puso a reír con inmensa alegría. No podía parar. Anya, que esperaba una respuesta solemne, se contagió después de un momento. Y rieron hasta que todo vestigio de su vieja tristeza desapareció. Por fin, Bárbara intentó a borbotones una innecesaria explicación:

—Es que... ¿quién... entendería...? ¿Quién podría?... Me pides perdón por la decisión que tomaste de no ayudarme a vivir cuando no existías... y la tomaste para poder existir y ayudarme a vivir unos años más adelante, como lo haces hoy...

La risa las hizo vibrar de nuevo, hasta que Anya explicó:

—Por eso encontraste el diario, para que se diera este momento.

Un planeta sin arte

John Smith revisó otra vez mentalmente cada uno de los complicados aparatos y sofisticadas amarras que le permitirían en unos segundos viajar al espacio sideral en perfecta seguridad y en tranquilo estado de hibernación, que se iniciaría automáticamente durante el primer día de viaje. No hubiera querido dejar a nadie la revisión psíquica de la rutina aprendida meticulosamente desde la inscripción, en compañía de algunos fanáticos, en el viaje núm. 2 315 de la compañía "Nuevos Mundos". Aún ante el inminente despegue, su implacable memoria seguía revisando eficientemente el plan de viaje en vez de dejarse ir a la emoción que sin duda embargaba a muchos de sus compañeros. Así era él. Pero por fin suspiró contento y tranquilo, en el preciso momento en que se prendían los primeros seis cohetes propulsores de la inmensa nave.

¡Qué bueno que abandonaba ese mundo agitado e ilógico que no había tenido ni siquiera la eficiencia de dar de comer a todos los terrícolas, aunque poseía una tecnología tan avanzada desde finales del segundo milenio! Su espíritu práctico y responsable jamás había entendido ni aceptado tanta ineficiencia. Smith viajaba con un grupo de personas seleccionadas minuciosamente para crear una colonia humana en el planeta núm. 72, del sistema 5 489, localizado en la constelación que los ignorantes llamaban todavía "Los Gemelos" para suplir su falta de conocimientos precisos. El planeta 72, de acuerdo con los estudios realizados por la compañía, era de dimensiones reducidas y contaba con características similares a las de la Tierra que podrían propiciar vida inteligente. Aunque de momento no se había detectado más que la existencia de una fauna menor, aseguraba "Nuevos Mundos" que se daban las condiciones esenciales para el correcto desarrollo de la vida humana. De eso, por supuesto, no había la menor duda.

La nave de la expedición se denominaba *Eficiencia I* y congregaba al primer grupo de colonos que reunían características tanto físicas como mentales especiales para la ambiciosa empresa. A lo largo de todo un año, las computadoras de la máxima agencia de viajes de la Tierra habían realizado un perfecto y especial entrenamiento. "Nuevos Mundos" tenía muy amplia experiencia en materia de viajes a puntos lejanos del espacio. Diseñaba viajes de investigación, de estudio, viajes de placer, de rejuvenecimiento, terapéuticos, etc. Mucho se había tardado el hombre en buscar la panacea, pero por fin la había encontrado: el espacio exterior. Ahora la agencia ofrecía por primera vez interesantes y valientes opciones que intitulaba "Haga su propio mundo", para aquellos terrícolas inconformes y con alma de pioneros, que deseaban abandonar para siempre el planeta viciado y crear de nueva y completa cuenta otro habitat para ellos y las generaciones futuras, en un lugar que desde sus inicios se viera libre de los errores y defectos conocidos.

Eran sesenta las personas elegidas por las más sofisticadas computadoras jamás inventadas —en su origen por el hombre y posteriormente por otras metálicas y geniales congéneres—. Nada podía por consiguiente fallar. Se reunió a los sesenta individuos para un examen previo a la ins - cripción. Todos eran especímenes estupendos en lo físico y en lo mental, prácticos, eficientes, eficaces, positivos y positivistas que dijeron detestar a la llamada "loca de la casa", la imaginación, en tanto que, pragmáticos, juraron adorar conceptos como el de la "perfección en la realización" y el siempre de moda, así fuera terriblemente angustiante, de "la excelencia". Por ende prometieron fincar el mejor de los mundos con base en su hiperdesarrollada y mil veces probada eficiencia.

Crear una colonia en un planeta con condiciones ambientales equiparables a las de la Tierra antes de su deterioro, pero perdido en otra galaxia, en el que no se diera ni uno de los defectos que hicieron de las civilizaciones terrícolas los desastres conocidos, era un proyecto que no permitía el menor error. Y sin embargo...

El entrenamiento fue duro, pero logró por fin borrar de la conciencia de los participantes todo lo que en determinado momento podía causar problemas en un nuevo mundo, en un núcleo sano, profiláctico, desprovisto tanto de gérmenes físicos como de virus mentales, que pudieran afectar la indispensable estabilidad de todos y cada uno de los pioneros.

No obstante, cuando se realizó una evaluación al finalizar el citado entrenamiento, los resultados no fueron totalmente los previstos. El cuestionario elaborado para determinar quién estaba perfectamente capacitado para la expedición y quién no, fue el siguiente:

1. ¿Cuál es la cualidad que más aprecia en un ser humano?
2. ¿Repudia usted cualquier violencia?
3. ¿Tolera usted el desorden y la pereza?
4. ¿Está dispuesto a erradicar de su mente los sueños inútiles y todo lo que sea contrario a la eficiencia?
5. ¿Puede usted controlar ese sentimiento llamado amor para no hacer locuras en su nombre?
6. ¿Qué opinión le merece el arte?

John Smith, sus fans y cincuenta de los posibles participantes en la expedición contestaron sin ti - tubear el cuestionario de la siguiente manera:

1. La eficiencia.
2. Sí.
3. No.
4. Sí.
5. Sí.
6. No me interesa. O bien: no lo entiendo, no sé por qué pintan o escriben o inventan música... No existe para mí eso que llaman "arte", con - sidero que es algo para perezosos, locos y

pedantes. No tiene ninguna utilidad. Es una tomadura de pelo, a nadie le hace falta. Cualquiera puede hacer esas tonterías que hacen los que se llaman artistas y se creen superiores. Me parece muy mal que pretendan ganar fortunas... Los artistas son unos sinvergüenzas que no quieren trabajar...

Escuetos en sus cinco primeras respuestas, los candidatos a crear "su propio mundo" se mostraron furiosamente elocuentes cuando se trató del arte. Rechazaron el concepto con abundancia de rabiosos argumentos.

De los sesenta presuntos viajeros, dos respondieron diferentemente en general, pero sobre todo en la última pregunta: "Me gusta", dijo con franqueza una mujer joven de agradable sonrisa, llamada Lori. "Me interesa", contestó fríamente un hombre también joven, de nombre Rod, evitando que se percataran de su verdadera pasión por el arte, pero incapaz de traicionarla mintiendo.

Por supuesto, las respuestas de la pareja fueron objeto de toda suerte de críticas y su partici-pación estuvo en juego. Expedicionarios, agentes organizadores y computadoras discutie-ron acaloradamente. ¿Se habían equivocado és-tas? ¿Cómo era posible que gente así hubiera sido aceptada en el grupo? ¡Que no vayan, que no se acepten, que salgan del grupo!, gritaron al-gunos verdaderamente enfurecidos. Rod y Lori se mantenían en silencio, pero con el corazón en un hilo. Habían apostado todo lo que tenían y todo lo que eran a ese sueño, que aunque no resultaba el ideal, era la única oportunidad de cambiar totalmente de vida.

Las computadoras no pueden equivocarse tan burdamente, aseguraron los organizadores tratando de calmar los ánimos. Sus razones deben tener. Escuchémoslas cuando menos.

Claro que no era un error, protestaron irónicos los trastos electrónicos. ¿Acaso no entendían los eficientes humanos? ¡No había mucho de donde escoger! Sólo dos parejas jóvenes se habían interesado en el viaje. Jó-ve-nes. La eficiencia era un concepto poco juvenil. ¿Y qué el señor Smith y sus amigos creían ser muy eficientes en materia de reproducción a sus maduras edades? La mayoría de los viajeros eran parejas sin descendencia o quizá con hijos que de ninguna manera querían acompañarlos en tan árida aventura.

Las computadoras fueron determinantes: Rod y Lori eran una de las pocas posibilidades de que la expedición sobreviviera cuando menos una generación. ¿Y todavía los criticaban? Tendrían la responsabilidad de procrear individuos eficientes para la continuación de la colonia. Si se desechaba a esos jóvenes simpatizantes del arte prácticamente se nulificaban las posibilidades de buen éxito del grupo. No florecería. Por supuesto que la pareja debía ser incluida. Lo más que los eficientes podían pedir es que Lori y Rod prometieran dominar en el futuro su inclinación por el arte. Y quizá no fuera difícil. La eficiencia daría fácil cuenta de dicha inclinación. Entenderían que el arte es algo que hace sufrir, que no sirve para nada práctico, que cuesta y no produce más que después de la muerte del artista. Se les olvidaría, vaticinaron.

En cuanto a los eficientes, señalaron severas las máquinas, más les valía entender la necesidad de adultos jóvenes en el proyecto. Finalmente se decidió prohibir a todos los viajeros llevar consigo algo que pudiera promover el germen del arte: música, representación plástica artística, objetos como pinturas, grabados, esculturas, películas de lo que se llamaba "cine de arte", cualquier cosa que recordara la danza. La expedición olvidaría definitivamente la existencia de las nefastas siete musas de los antiguos, inventadas, claro, por algún enemigo malévolo del trabajo serio y enriquecedor.

Rod y Lori aceptaron sin demasiadas dificultades prometer todo lo que les pidieron por el apasionado deseo de aventura que los embargaba y que desde luego se guardaron muy bien de expresar. Hasta pasaron la prueba del complicado detector de mentiras y juraron que las computadoras tenían razón, que olvidarían sin duda su gusto por el arte. La pareja fue inscrita en la expedición, no sin la advertencia de que sería objeto de cerrada vigilancia por parte de la autoridad, en aras de la profilaxis del grupo y del buen cumplimiento de su misión.

Eficiencia I aterrizó en el planeta 72, del sistema 5 489 de la constelación "Géminis", según el calendario terrícola, el 19 de mayo del año 2096, después de casi dos años-luz de viaje y en su interior se inició inmediatamente el proceso de descongelación de los sesenta seres humanos que transportaba la nave. Las fantásticas máquinas de "Nuevos Mundos" los habían congelado en un día y los descongelaron en otro sin problema alguno. La perfección del proceso sería objeto de azoro por siglos y hasta milenios en el pequeño planeta, pues a diferencia de la humanidad en la Tierra, ese grupo sí conservaría información sobre sus orígenes.

Una vez que despertaron de su larga siesta, magníficamente cuidados por la eficiencia sin par de sus computadoras, los integrantes del grupo pudieron ver con la mayor naturalidad y la más profunda emoción su nuevo hogar. Alguno bostezaba todavía de vez en cuando, pero desde luego no por aburrimiento. Cuando llegó el momento de salir y aunque era la hora del crepúsculo, los expedicionarios estiraron las piernas para recuperar fuerzas. Parecía que apenas ayer caminaban sobre la vieja Tierra.

Exploraron un poco la planicie en la que se encontraban y en la que soplaba un viento cálido y perfumado. Sentían un natural temor de enfrentar a posibles habitantes del planeta que no hubieran sido detectados por las computadoras. Pero el temor se diluyó al no encontrar las dos brigadas de reconocimiento señal alguna de vida humana o equivalente. Entonces y sólo entonces esos hombres y esas mujeres corrieron felices sobre su nueva vida y se tumbaron eufóricos sobre la hierba, besándola como han hecho siempre los pioneros de todos los tiempos al llegar a su destino.

De pronto sintieron la mirada severa de John Smith, al que antes de despegar de la Tierra ha-

bían elegido futuro alcalde de la ciudad que fun -
darían. Un poco avergonzados de su todavía muy
humana reacción, obedecieron con eficiencia las
órdenes de armar las barracas que transportaban
en la nave, antes de que anocheciera completamente. Desde esa primera noche de cuatro
horas, pudieron gozar en su nuevo mundo de la
comodidad que brinda la eficiencia total.

En poco tiempo y con materiales tanto impor-
tados de la Tierra como algunos locales, de colores extraños, fueron construyendo un pueblo maravillosamente funcional. Habían decidido volver
al trabajo redentor y utilizar al mínimo, sólo
cuando fuera indispensable, esa tecnología que
había llevado a los terrícolas a metas insos-
pechadas —ellos mismos eran un ejemplo—,
pero que había terminado por reducir a muchos
hombres a la condición de autómatas.

No perdieron un minuto de su tiempo. Empezaron a cultivar esa nueva Tierra y cosecharon
excelentemente y muy pronto fruta, legumbres y
granos, un poco diferentes de los originales, pero
en extremo nutritivos, que afortunadamente reem-
plazaron la alimentación sintética que llevaban
para los primeros meses. Desde luego la fauna
menor, que las computadoras de casa habían previsto, resultó bastante similar a la que conocían,
aunque con pequeñas variantes que los divertían:
ranas con tres cabezas, conejos con un abanico de
orejas, pequeños cerdos salvajes con un solo ojo,
aves cuadrúpedas y pico multicolor...

No tardaron en montar una modesta pero eficaz
planta industrial para fabricar ciertas herra-

mientas, utensilios y productos que requerían. Lo esencial fue el cuidado del ambiente. La triste experiencia de su planeta madre no debía repetirse jamás en ningún planeta impoluto.

La comunidad se acostumbró a trabajar con eficiencia, pero también con amor, en la creación de su mundo. El trabajo más laborioso y eficiente ocupó los primeros meses de la colonia y las relaciones intergrupales se fueron desarrollando con normalidad. Se visitaban unos a otros en casas iguales y perfectas y aunque las parejas jóvenes acudían poco a las reuniones y jamás correspondían a las invitaciones, nadie se preocupaba por ellas pues trabajaban como todos. Reinaba en ciudad "Eficiencia" una paz un poco gris, pero paz al fin.

Sin embargo, cuando lo esencial estuvo resuelto y se acercaba el primer aniversario del arribo, se empezó a sentir un angustiante tedio. La eficiencia, el orden, la paz, por lo visto no eran forzosamente ingredientes de una vida plenamente feliz. ¿Qué pasaba, qué faltaba? Se aburrían muchos miembros de la comunidad, pero ninguno se atrevía a comentarlo públicamente. Ya los colonos no tenían mucho de qué hablar, aunque habían organizado algunas expediciones por su pequeño planeta. Era tan perfecto en sí que no ofrecía gran reto ni propiciaba verdaderamente la aventura: bellas, extensas, fértiles planicies de diferentes colores pastel, que variaban poco con el cambio de las dos estaciones previstas por aquella naturaleza tan parca. Ni una montaña, ni una barranca. Agua subterránea, ya entubada y purificada, bromeaban los pioneros, pero con la que no se podía soñar. "Nuevos Mundos" no podía haber encontrado mejor planeta para el florecimiento de la eficiencia.

Los únicos que no tenían la cara de aburridos que caracterizaba en aquellos días a los otrora aventureros, eran precisamente Lori y Rod, así como otra pareja relativamente joven de origen colombiano: María Magdalena y su esposo Hernán. Desde el principio los cuatro, mostrando poca proclividad hacia la vida social, habían formado un grupo aparte. Cumplían sus obligaciones laborales dentro de la comunidad y se retiraban a sus hogares respectivos y contiguos. Los demás sentían ciertos celos de esos cuatro, pero no se había considerado necesario llamarles la atención. En un principio habían sido objeto de cierta curiosidad, pero los jóvenes supieron muy bien hacerse olvidar y tranquilizar a sus conservadores conciudadanos que recordaban que la juventud de esas dos parejas era un seguro para el futuro y, como hacían las beatas de la Tierra con los recién casados, no dejaban de mirar el vientre de las esposas, ya que aunque hubieran podido llevar consigo el último sistema de procreación artificial, lo habían desechado como otros excesos tecnológicos.

Llegó el primer aniversario del arribo de la expedición al planeta y de la fundación consecuente de ciudad "Eficiencia". En la magnífica explanada central que hacía las veces de plaza principal, se reunieron todos para congratularse de su mundo sin defectos. No había existido en un año el menor problema, no se habían dado ni violencia ni amor incontrolado, origen de muchas dificultades, como era bien sabido. Tras enumerar todos los logros y las bondades del sistema, el alcalde Smith se refirió con fruición al espinoso tema del arte, el único ¿recordaban? que había causado cierta tensión entre los pioneros:

—Concluyendo, mis estimados ciudadanos eficientes, me complace señalar que para fortuna de nuestra comunidad y, hay que aceptarlo, por el buen sentido de todos —asentó buscando a Rod y a Lori con la mirada—, el famoso fantasma del arte, actividad especialmente inútil y contaminante, desapareció de nuestras vidas.

En esa luminosa mañana del 19 de mayo del año de gracia de 2097, el alcalde Smith sonreía en breve espera de los aplausos que estaban a punto de explotar, tras el discurso que en su mente calificaba de "soberbio". Los ciudadanos estaban dispuestos a complacerlo para que por fin se iniciara la fiesta y se charlara de cualquier cosa menos de eficiencia, cuando de repente algo literalmente inaudito sucedió. Por primera vez el purísimo aire del pequeño planeta se impregnó de conmovedoras notas musicales.

Nadie se movió durante unos segundos. Se hizo un silencio de sorpresa, de incredulidad, para algunos de embeleso. El propio Smith es - cuchaba petrificado, hasta que todo fue agitación entre aquellos pobres seres que no habían escu - chado música desde hacía un año, miles de años... Sus almas se conmovieron. De sus ojos siempre secos brotaron ineficientes lágrimas. Se abrazaban, reían, lloraban, mientras seguía fluyendo como bendición el brío de una espléndida melodía.

Furiosos, Smith y sus allegados se dirigieron hacia el infractor. Rod presionaba con fruición contra sus labios la flauta a la que arrancaba los divinos sonidos que Max, el más viejo de la comunidad, reconoció emocionado:

—¡Es Beethoven, es Beethoven! —gritó con los ojos fuera de las órbitas antes de derrumbarse sobre la hierba fresca sollozando como un niño.

El alcalde Smith, fuera de sí, quiso terminar de una vez con tan inadmisible situación, pero del pequeño instrumento continuó brotando música inmortal. Lori y sus amigos, decididos a escuchar hasta el fin, formaron una jubilosa barrera de defensa frente al ejecutante hasta que se apagó la última vibrante nota del "Himno a la Alegría". En la mayoría la furia también se había apagado y todos aquellos individuos que se creían reticentes al arte, se sintieron extrañamente felices.

A su vez Smith sintió que debía imponer respeto a su investidura y con la mayor severidad que pudo dijo implacable:

—Eso es lo que llaman arte.

Rod, sintiendo el peligro, lejos de asentir, se apresuró a explicar.

—De ninguna manera, señor. Esta música se destinaba a aumentar la productividad en el siglo XIX.

Smith estaba por perder los estribos, cuando el viejo Max, no completamente recuperado de la emoción, clamó con voz firme:

—Claro que es arte. El arte de un sordo maravilloso que amé de niño, música que ha trascendido su milenio. Creí que había olvidado esos sonidos, pero los llevo en el alma y he sido un tonto al aceptar que nos privaras de tal prodigio. Gracias a este joven pude recuperarme de mi estupidez —dijo sacudiendo la mano de Rod.

—¿Arte? ¡Pamplinas! —dijo Smith—, poses de exquisitos, buenos para nada, subversivos, perezosos.

Una espuma de rabia le remarcaba los labios. Y dirigiéndose a la comunidad espetó:

—Si aceptamos que esto se inmiscuya en nuestra vida, perderemos la eficiencia. Los que escuchen el canto de las sirenas se convertirán en ineptos soñadores...

La palabra más temida por Smith cruzó el aire:

—Votación, votación —exigió inflamado Max—. Abramos una puerta al arte en este planeta.

—Ve lo que causa —gritó Smith—. Jamás tuvimos un enfrentamiento en un año.

—Jamás tuvimos libertad, jamás fuimos plenamente felices —contestó Max—. Libertad, libertad de gozar la belleza, la bondad, la justicia... ¡Pero si de eso se trata! No es casualidad que los verdaderos artistas hayan estado siempre con las causas libertarias. Son las mejores antenas de la humanidad.

Rod y Lori, tomados de la mano, sonreían tranquilos: habían ganado.

María Magdalena tomó la palabra:

—Mister Smith —dijo con dulzura—, todos estamos tristes y aburridos. Ahora que hemos, todos y cada uno, demostrado que podemos ser eficientes, necesitamos algo más, algo que conmueva el alma.

—A mí no me gusta el arte —gritó exasperado Smith—. No lo entiendo.

María Magdalena insistió dulcemente:

—¡Ábrala!

—¿Abrir qué?

—El alma.

Rod y Lori se esfumaron en silencio, aprovechando que ya no eran el centro de atención. Rod temió que Smith quisiera confiscarle la flauta. Otros se dirigieron también silenciosos y preocupados, pero felices, a sus hogares. Era ya muy tarde. Se habían olvidado de la fiesta.

Al día siguiente la comunidad fue citada a una reunión en el auditorio de la ciudad, ya no sobre el pasto dominguero. Esta vez, con la cabeza fría, los eficientes decidirían el futuro de su comunidad, de su vida, del planeta.

La votación fue secreta y contundente. El arte tenía permiso, hubiera dicho un antiguo escritor mexicano. La comunidad por supuesto se dividió. En los rostros podía leerse con exactitud la postura de cada ciudadano.

A los cuantos días, Rod y Lori abrieron las puertas de su hasta entonces misterioso hogar. Sus nuevos amigos se maravillaron al ver las paredes cubiertas por el talento de ambos jóvenes y las esculturas que se destacaban en el jardín contra el cielo lila del planeta, extrañas figuras plasmadas en arcilla iridiscente que los artistas encontraban quién sabe dónde.

María Magdalena contaba a los visitantes como paciente y cautelosamente, en su afán de recuperar el arte sin el que les era imposible vivir, los cuatro amigos habían elaborado desde la famosa flauta, hasta una serie de herramientas y materiales para expresarse plásticamente. Todos podían hacerlo, era maravilloso. Los pinceles, los colores, las tierras varias, las tintas, todo estaba a disposición de todos para que probaran.

Los visitantes de las casas de la orilla de ciudad "Eficiencia" se fueron haciendo más y más. Como en la historia de otra flauta mágica, los eficientes llegaban a casa de Rod y Lori suavemente cautivados por sus sonidos. Muchos escucharon a María Magdalena y dejaron que su alma se abriera a través de cualquier expresión artística o simplemente artesanal, ¿qué importaba?, en horas en que la eficiencia ya no tenía nada que hacer.

En las siguientes reuniones públicas ya no sólo se escuchó la flauta de Rod sino muchas más, mezcladas con instrumentos inventados por los eficientes ansiosos de ese maravilloso "algo más". Y eran cada vez menos los que se iban con Smith a las primeras notas. Muchos también habían liberado su voz, el más completo instrumento musical jamás inventado, y en ciudad "Eficiencia" se cantaba, cantaba...

Las paredes de muchas casas, de algunos espacios públicos, los parques, se fueron poblando de dibujos, pinturas, frescos, esculturas, monumentales móviles. Se creó el primer grupo de danza del planeta. Y muchos eficientes se descubrieron una afición especial por la literatura. Pasaban cálidas veladas, como muchos otros terrícolas a lo largo de los siglos, resucitando la antigua poesía del planeta Tierra, pero ya de muchos de ellos brotaba una bella y original poesía, expresión de su nueva vida, de su nuevo mundo, de su particular aventura, que por fin se estaba enriqueciendo.

Eran cada vez menos aquellos cuya vida era aún pobre y aburrida, y cada vez más los que se transformaban, se realizaban espiritual y men - talmente a través del arte.

Cierta tarde de un día de asueto, Lori, sudorosa, limpiaba antes de guardar en su garaje el deslizador de vela con el que había volado a alta velocidad sobre la planicie que se extendía atrás de su casa. El viento del Sur la había invitado a salir, dejando a Rod embebido en su nuevo cuadro. A punto de terminar de pulir su amado vehículo, por cierto diseñado más de cien años antes por Ray Bradbury, sintió de repente el conocido peso de una mirada. Un poco temerosa, levantó la cabeza para enfrentarla. Mister Smith le sonrió torpemente y le tendió un ramo de flores:

—Lori, he venido... mmm... bueno... sabe... he pensado... La verdad es que quisiera aprender el arte de la acuarela —dijo finalmente con un suspiro de sencillez y su sonrisa se hizo inteligente.

Por fin se pudo hablar en ciudad "Eficiencia" de verdadera civilización.

Made in the USA
San Bernardino, CA
08 January 2016